山田宗树 ——————————— 著
罗越 ——————————— 译

一定有人
在祈祷着

湖南文艺出版社
HUNAN LITERATURE AND ART PUBLISHING HOUSE

博集天卷
CS-BOOKY

好好读书

一定、一定，要幸福啊！

我会一直为你祝福！

就算你把我忘记了，我也永远不会忘了你，

永远永远，会为你的幸福祈祷！

一定有人在祈祷着

きっと誰かが祈ってる

1

　　岛本温子缓缓翻动文件夹内的纸张，带着怀恋的心情，重读纸上手写的段落。那些被繁忙日常吞没的记忆，旋即鲜活地浮现在她眼前。

　　那是刚满一个月的时候吧。

　　幸太瞪大他那清澈的眸子，直直地望着温子。他的眼睛里只有她，仿佛在问温子：

　　你是我的妈妈吗？

　　温子对怀中的幸太投以微笑，无声地回答：

　　是啊。

　　两个月后，幸太会对温子笑了。当幸太头一回懂得用笑容回应温子，那个瞬间她简直毕生难忘。

　　八个月大的时候，幸太会坐了。也是差不多同时，他开始认生。有一回外出，住在附近的中老年男子跟他打招呼，他整个人都僵了，眼眶含泪。

幸太学会走路后，立刻当起了温子的跟屁虫。每每看不到温子，他就会不安，四处找她。温子整天被幸太缠着，还得分神照顾其他孩子，着实辛苦，与此同时，她也深深感到光荣和喜悦，幸太已把她当成自己的母亲。

幸太的生母十六岁生下他。由于过了可以打胎的时间段，不得已才把他生下来。生母本人及其家属均没有养育这个小生命的意愿。

被送来双叶之家时，幸太别说母乳了，连个名字都没有。温子给这个不被任何人祝福的新生儿取名叫"幸太"。

婴幼儿时期的孩子需要有一个人在他们身边，响应他们的呼唤，从而被满足感包围。这位"特别的大人"的存在，会让孩子打从心底相信，自己是值得被爱的，而这也是生而为人的基础。通常，血亲会扮演"特别的大人"这一角色，不过育婴院里的孩子们可没有那么好命。因此，多数育婴院会为每个孩子安排一位养育负责人。院方希望尽可能通过建立一对一的关系，让保育员成为孩子们的那个"特别的大人"。这类养育负责人在双叶之家被称为"保妈"，兼有保育员与母亲的双重含义。当然，如果是由男性保育员担任养育负责人，就顺理成章地该叫"保爸"，可惜的是，双叶之家尚无男性保育员在册。总而言之，温子成了幸太的保姆。

作为保姆，需要为所负责的孩子撰写养育日志。养育日志被归入一个文件夹，翻阅幸太的文件夹，就能知道幸太每天是如何度过的，他的成长轨迹是怎样的，一切都被收入其中。体温数据、有无排泄、食欲好坏……除了与身体状况相关的资料，在幸太生命初期发生的诸多小插曲，都被温子精心收集，视若珍宝。从降生之初直到长成独立的个体，育婴院的文件夹不仅是一种记录，还是孩子们活过的证据。

温子翻到下一页。

大大的文字跃入眼帘。

"啊，对了，对了……"

这一天，幸太第一次奶声奶气地叫温子"妈妈"，一面还用小小的手掌轻拍温子的脸颊。通过潦草的字体，不难看出当时温子有多激动。

幸太最喜欢出门散步。他被温子抱在怀里，眼睛望着路过的自行车和划过天空的小鸟闪闪发光。待到学会走路，一有什么好玩的东西，幸太总会不管三七二十一，立刻凑过去瞧。在路边看到花花草草或是小虫子，他都会蹲下身子，投以清澈而专注的目光。有一次，幸太不小心靠近一条被拴在狗窝旁的宠物狗，那条狗忽然狂吠起来，幸太被吓哭了。后来很长一段时间，每当经过那家人门前，幸太就紧紧抓住温子的粉色围裙，寸步不离。端午节、七夕、圣诞节、新年、晴天、雨天、打雷天、下雪天、夏天游泳时、因台风停电的晚上，还有笑过、哭过、闹过、跟别的孩子一起玩时因为争抢玩具吵过的日子……每一天都是回忆，数不尽，道不清。这两年的时间是多么充实而丰满啊！

"幸太……你开不开心啊？"

婴儿的记忆很难长时间保存。不消一年，在双叶之家生活过的日子、温子的脸庞，恐怕都会从幸太的脑海中消失。

可是，文件夹不会。它会被永远珍藏在双叶之家。

"岛本，你还在这儿呢？"

佐藤万里站在门口。她系着印有维尼熊图案的橙色围裙，左手抱着一岁零两个月的小聪，右手牵着一岁半的小碧。

"幸太，马上要走了。"

"嗯，这就去。"温子连忙合上文件夹，随手擦了擦眼角。

佐藤万里似乎注意到了温子拭泪的动作，象征性地点点头。"好啦，小聪和小碧，我们一起去送幸太好不好啊？"

离开的时候，小碧朝着温子挥手道别，那是她新学会的动作。温子也笑着对她挥手。

温子做了个深呼吸，站起身子，离开保育员休息室。

双叶之家生活着零岁至两岁不等的婴儿。疾病、生活困难、失踪、虐待、弃养……状况虽有不同，但一半以上的婴儿在这里最多生活几个月，随后便回到亲生父母的身边。

超过两岁仍然无法回归家庭的话，原则上需要转院，进入儿童养育机构或儿童福利机构。根据法律，孩子们在上小学之前都可以在育婴院生活，可由于人力不足以及院方的实际问题，目前还无法实现。

就快两岁的幸太也要被转去儿童养育机构，就在这时，儿童咨询处找到双叶之家，说有人想收养幸太，是一对没有子女的夫妻，四十多岁。

婴儿也是活生生的人，收养可没有想象中那么简单。很多收养者忍受不了孩子的退行现象和考验行为，或是由于其他种种原因放弃收养，类似的案例并不少见。然而，试图收养幸太的夫妻显然做过不少功课，跟温子也交流过好几次，人格方面丝毫没有可挑剔的地方，大家都觉得应该可以放心地把幸太交给他们。两个多月以来，他们经常来育婴院看幸太，幸太也随其经历过短期和长期的外宿，最终确定了收养关系，如今幸太已经跟他们很亲了。

于是今天，幸太将要正式离开双叶之家，去养父母家生活。与之前在外留宿不同，幸太再也不会回到这里。幸太的母子健康手册已经转交到养母手中，与幸太好好道个别将是温子作为保姆最后的工作。

双叶之家的玄关挤满了前来送行的保育员和孩子们。院长、副院长、保育主任村田公子、佐藤万里都在。那位负责幸太收养事宜的儿童咨询处职员也在列。

幸太被大人们簇拥着，牵着养父母的手。然而一看到温子，他立刻松开牵着的手，从大人们的缝隙间穿了过来。

温子将飞奔而来的这个小小的身躯揽入怀中。

"幸太……你怎么啦？"

幸太沉默不语，只是依偎在温子怀里，稚嫩的手指紧紧抓着温子那粉色的围裙，好像一步都不想离开温子身边，很害怕的样子。之前去养父母家留宿时并没有类似的表现，或许是本能地察觉到了什么吧。

"幸太……"

有一股强烈的冲动从温子的心底升腾起来。我不想放他走。我不愿意把他交给任何人。因为，我才是他的……

（不……）

温子转念一想，自己的悲伤会传递给幸太，让幸太感到不安，所以他才黏着不放。

我只是一个保姆，是保育员，终究成不了幸太的母亲，也不可以做他的母亲。这孩子的母亲，是那位女士。作为保姆，我有把幸太托付给她的责任。

温子握住幸太小小的肩膀，将他轻轻往后推，视线低垂着说道："幸太，开心吗，祝贺你哦！"

温子露出灿烂的笑容，幸太也终于天真地笑了起来。

"妈妈……妈妈！"幸太一边叫，一边用手抚摩温子的脸颊，小手暖暖的。

"妈妈今天要跟你说再见咯，但是，妈妈一定不会忘记幸太的。妈妈会经常许愿，希望幸太每天都健健康康，快快乐乐。"

温子不知道幸太听懂了多少，但他始终用清澈的眸子望着温子，仔细听着。

"再见！拜拜！幸太。"

"拜拜？"幸太目光游移，一副不解的样子。

"妈妈跟你说拜拜啦。今后的日子，你的爸爸和妈妈会好好照顾幸太的。"

"爸爸，妈妈？"

"嗯。爸爸和妈妈，看，他们在那里等你呢。"

温子让幸太转过身。

即将成为养母的女士蹲下身子，张开双臂。身旁的养父似乎眼眶含泪。

（幸太就托付给二位了。）

温子将幸太轻轻往前推，心中百感交集。

（去吧，幸太！）

幸太向前跑去。

幸太往养母的怀里飞奔而去，用比跑向温子更快的速度。

双叶之家是一幢钢筋混凝土平房，总面积为三百九十四平方米。坡度不大的钻绿色三角屋顶，象征朝着太阳生长的二叶草。以院长、副院长为首，多达二十名员工在这里日夜坚守岗位，包括保育员、护士、营养师、厨师、家庭咨询社工等等。

双叶之家的早晨从五点开始。两名夜班员工简单吃完早饭，随即进入临战状态。孩子们通常在五点半以后醒来。为先醒的孩子换尿布，将睡衣脱下，换上平日穿着的衣服。一岁零九个月的春香最近执意要自己穿，员工便任由她闹上一阵，其间先照顾别的孩子，等春香明白自己穿不好，哭哭啼啼又是一场风波。

接着是早上的体温检测。由于无法让婴儿将体温计夹在腋下好几分钟，同时出于节省时间的考虑，育婴院通常使用耳式体温计。一岁零五个月的敏也早早出现了第一反抗期的征兆，执拗地拒绝测量体温，在检测时要用甲虫玩具分散他的注意力。发现任何发热迹象，需要另外进行仔细的测量。

整理完被褥后，接着要为孩子们准备早餐。有时吃米饭，有时吃面包。菜单由营养师决定。不足五个月的婴儿需要随时喂奶，六个月以上的孩子则吃相应阶段的辅食。

吃完饭，一岁半以上的孩子可以自己刷牙，最后由保育员检查。有的孩子不愿意刷（例如育磨和夏彦），但由于乳牙很容易发展成龋齿，哪怕不合适也得按着他们把牙刷了，这又得耗费不少体力。

八点半，四名日班员工终于加入进来，夜班员工总算可以喘口气了。九点十五分，夜班工作全部结束，筋疲力尽的夜班员工仰躺在游戏室的地面上休息，旋即成为孩子们不可多得的"游乐器械"，孩子们在他们身上爬上爬下。一岁零八个月的惠理，偶尔会帮忙按摩，不知她从哪儿学来的。

接下来由四名日班员工接手。

上午会在游戏室陪孩子们捉迷藏，带他们出去散步，或是在铺满人工草坪的院子里玩耍。

吃完午饭便是午睡时间。月龄较小的孩子睡眠时间不规律，一段时间以后会逐渐固定下来。运气好的日子，育婴院所有在籍的孩子会同时入睡，为双叶之家带来片刻的安宁。此时，日班员工会聚集到保育员休息室兼配奶间，不紧不慢地写写养育日志，喝喝茶，聊聊天。幸太离开双叶之家的这一日，从这个角度来说，正是幸运之神眷顾的日子。

"岛本姐……岛本姐，你还好吧？"

温子回过神来。

是隔着桌子正对而坐的寺尾早月。她是去年被派驻过来的保育员，年仅二十一岁的新鲜血液。大专期间来双叶之家做保育实习，因为化了个大浓妆被副院长痛批，当场卸妆后，妆前妆后反差之强烈至今令人记忆犹新。如今她在当班时几乎都素面朝天，但谈吐口气依然"不拘小节"，部分员工因此送了她一个"太妹姐姐"的爱称。黄绿色的围裙是她的注册商标。

"哦……嗯,我没事。"温子双手握着茶杯出了神。

"嗯,这是很正常的。"资历颇深的保育主任村田公子一边吃雪饼,一边表示理解。穿维尼熊围裙的佐藤万里在一旁写养育日志,同样点了点头。

保育员也是人。特别是像幸太这类从出生后到两岁期间,一直由保育员养育、伴随他们成长的,从感情上说与亲生孩子无异。保育员在情感上完全以母亲自居,或者说,没有这层情感作为支撑,也当不好保姆。但正因为这样,与孩子分别时的丧失感才格外强烈。

温子今年三十二岁,从事保育工作十二年了,这样的分别并非第一次,但无论工作经验多么丰富,都不可能完全不受影响。村田公子和佐藤万里也经历过,自然能够体察温子的心情。

休息室的门开着,门外传来哭泣的声音。

"是健一郎。"寺尾早月一听立刻跳了起来。

她迅速起身跑出了保育员休息室。村田公子望着她的背影,眼中满是信任。健一郎是寺尾早月第一个独立负责的孩子,一岁零六个月大。

"健一郎的事情也快定下来了吧？"佐藤万里握着圆珠笔，托腮问道。

健一郎一年前来到双叶之家，父母失踪，下落不明。幸运的是，他很快找到了养父母，现在已经进入交流阶段。据说双方接触下来感觉还不错。如果顺利确定收养关系的话，健一郎也会离开双叶之家。到那时，寺尾早月就将亲身体会温子此时此刻的心情了。

"唉，这就是我们工作的一部分嘛。"村田公子喝了一口茶，站了起来。佐藤万里也合上了养育日志。其他孩子听到健一郎的哭声，或许会纷纷醒来。

"好嘞！"温子也鼓足干劲站起身。

幸太离去后，双叶之家的在籍儿童总共十八名。也就是说，四名日班员工、两名夜班员工要同时照顾这么多孩子。虽说育婴院实行养育负责制，但并非只需要照顾自己负责的孩子就够了，毕竟休息日或假期总免不了由其他保育员代为照料。一位保育员同时负责的婴儿，有时多达三名。

温子也不例外，除了幸太，她还要照顾刚满一岁的麻香。两周前她刚刚接手，麻香的母亲因病住院，如果顺利康复，温子与麻香分别的日子近在眼前。

午睡后，要再次为孩子们检查体温，吃点心，随后见缝插针地帮他们洗澡。月龄较小的孩子是淋浴，大一点的孩子由当班的保育员一个个带去澡堂泡澡。今天当班的是佐藤万里和寺尾早月。为了让孩子们熟悉家庭氛围，保育员也会跟孩子们一起洗，为避免长时间泡澡导致充血，需要两人轮换。在洗澡的过程中，其他孩子自然也需要照顾，因此这是一天之中最为忙碌的时段，护士、营养师、家庭咨询社工只要有空都会加入进来，有时甚至连副院长也亲自上阵。即便如此，有些孩子往往还是来不及洗，要被顺延至次日。

下午四点，小夜班员工到岗。所谓小夜班，理论上是夜里零点十五分结束，但通常都会连着夜班一起做，长时间劳动到早晨九点十五分下班。保育员每个月会上三四次夜班，排班表由副院长进行把控，请假调班需要提前一个月报备。

日班员工的工作在下午五点十五分告一段落。离开之前还得完成交接班，写完养育日志。

在更衣室解开围裙，脱下方便活动的工作服，换上平时那套时髦装扮，在精神上从"保姆"切换到"普通女性"。与此同时，为了不让孩子们见到切换后的样子，保育员会通过后方的员工通道离开育婴院。

这一日，温子交接完，写下最后一篇关于幸太的养育日志后，将整个文件夹移入用以存档的资料柜。

办公室深处那排铁制资料柜上，摆满了已离开双叶之家的孩子们的记录，温子负责的孩子们也在其中，只要望着标签上的名字，每个孩子的脸庞就会浮现出来。

"真替幸太高兴，找到了这么好的收养人。"副院长野木武开腔道。他四十多岁，头发稀疏，皮肤格外光洁细腻，声音也颇为女性化。也许正因如此，很多婴儿看到四五十岁的男人会哭，但唯独不怕野木副院长。他一滴酒都不沾，却是个罐装咖啡超级爱好者，办公桌上总是放着喝到一半的罐装咖啡，抽屉里库存充足。但是，痛批寺尾早月的往事，也代表了他对工作的严格要求。

"嗯，是呀……"温子关上资料柜的双层移门，上好锁。与幸太共同生活过的日子就此彻底画上句号。

"我先下班了。"

"辛苦了。"

温子走出办公室，背后传来野木副院长的声音。

（好了。这样就没事了……）

温子正要进入更衣室时，门突然被猛地推开了。

已经换好衣服的寺尾早月出现在温子面前，脸上略施淡妆。

"明天见。"她语气轻松，与温子擦肩而过。

员工通道在更衣室右边，寺尾早月却朝反方向走去。那边是游戏室，一岁以上的孩子吃完晚饭正在里边自由玩耍。

温子忽然明白过来："你这是要去哪里？"

面对温子的诘问，寺尾早月回过头答道："回家前我再去看看健一郎，我不在他可难过了，最后再抱抱他，让他乖乖等着我……"

"别去了。"

"为什么……"

"不是已经跟孩子们道过别了吗？"

"他只要看到我，就别提有多高兴了，总是一路跑过来，好可爱。"寺尾早月的脸上写满了幸福。

她陶醉于母亲这个角色，头一回担负独立养育的责任，这种情况很常见。可身为专业人士，她显然还不够格。

"可是，你回去以后，健一郎总是哭个不停。"

"对啊，所以临走前我要再去一次呀。"

"你还不明白吗？正因为你的行为太轻率，影响到了健一郎，他的情绪才会不稳定。"

寺尾早月的眼中闪着反抗的目光。

"现在的你，只不过是想满足自己的愿望罢了。通过健一郎，你找到了自己存在的价值，看到他那么黏你，你心里就舒服了。我说错了吗？"

"我……哪有啊……"

"这不叫爱，这只是自我满足。"

寺尾早月恨恨地低下头。

"你先回去吧，别去看健一郎，明天……"

"岛本姐，你是因为幸太走了，嫉妒我和健一郎是吧？"寺尾早月压着嗓子打断道。

"呃……"

"我先走了。"寺尾早月避开温子的视线，踩着重重的脚步，从员工通道离开育婴院，只留下温子自己站在那儿，茫然若失。

（嫉妒……）

有人拍了拍温子的肩膀。是村田公子。

她似乎也在更衣室，刚才的对话都听到了。她望着寺尾早月从员工通道离开的背影，悠悠地说道："她还年轻。"

"是不是我说话不得当？"

"我觉得挺好，直来直往。我相信她听懂了。"

"明白就好。"

"正因为听懂了，她才按照你说的，没去看健一郎，直接回去了，不是吗？"

温子笑了笑，没什么信心的样子。

"别担心了，她将来一定是个优秀的保育员。跟从前的你一模一样。"

"是吗？"

"你忘啦？第一次面临分离，那时候的你……"

"村、村田姐，别提了……"温子的脸庞忽然燥热起来。

村田公子爽朗地笑道："不成熟是年轻的特权。好啦，回家吧，下班！家里还有个大小孩在等我呢。"说完便快步从员工通道走了出去。

温子独自住在一幢两层楼的公寓里，距离双叶之家大约三十分钟车程。她开一辆二手红色马自达2。开车上下班途中，她会在车里播放喜爱的欧美音乐，音量开得很大，有时还会跟着一起唱，权当舒缓压力。而这一天，她连按下播放键的愿望都没有。

温子在一片寂静中发动马自达2，默默地握着方向盘。她努力集中精神驾驶汽车，好让自己不去想别的事。把马自达2停进公寓停车场，拾级而上，直到伸手打开房门的那个瞬间。

温子心中的悲伤突然鲜明起来，泪水眼看就要夺眶而出。把幸太带回公寓的情景，瞬间在脑海中复苏，再也无法抑制。

担任保姆的保育员，有时会将负责养育的孩子带回自己家过夜，也就是所谓的"小住"。这么做不仅能让孩子们感受家庭化的氛围，还有助于和保姆建立情感关系。

在双叶之家工作的时间段，不得不分神照顾其他孩子，唯有小住期间，保姆与孩子才能一对一地相处，度过宛如亲生母子的亲密时光。孩子们的喜悦自然不用说，对于保姆，能够独占孩子也是不可多得的宝贵经验。

温子带着幸太去超市买东西，做饭给幸太吃，一起洗澡。到了晚上，在榻榻米上铺好被子一起睡。幸太用他小小的手掌，紧紧握着温子的手指，安稳地坠入梦乡。望着幸太天真无邪的脸庞，温子感到特别平静而满足，这种感觉是无法从其他地方获取的。为了保护这个孩子，温子认为自己可以毫不犹豫地挺身而出，将自身的安危置之度外。

温子没力气准备晚餐，在房间正中央瘫坐下来。

寺尾早月那低沉的嗓音在温子空落落的心中回响着。

（也许她说得没错……）

或许寺尾早月的态度有些没心没肺，多少戳到了温子的痛处，使她的口气不自觉地强硬起来。温子借教导新人的机会，实则发泄了内心的情绪。

（我都已经干了多少年保育员了……）

温子抱着膝盖，沉浸在深深的自责之中。

2

　　几块大型展示板并排而立，这些展示板被图画纸张贴得满满当当，图画纸上净是用蜡笔描绘出的女人的面孔、面孔和面孔。几乎所有画面都用黑色勾勒轮廓，涂上肤色，再加上眼睛、鼻子和嘴巴，显得相当稚拙。有圆脸、长脸、微笑的脸、爽朗的脸；有戴眼镜的脸，也有明星般的脸、胖胖的脸；偶尔还有表情阴郁的脸。这些作品显然来自市内幼儿园或育婴院的孩子们。

　　"母亲节　肖像画展"。

　　这似乎是优而茂购物中心每年都会举办的常规活动之一。

　　樫村多喜望着这些肖像画，心情逐渐沉重起来。她说不上来是为什么。对十一岁的多喜来说，理性地自我分析，准确地将此刻的心情表述出来未免强人所难。

　　她闷闷地离开了举办活动的广场。她把手插在那件脏兮兮的蓝色拉链外套口袋里，弓着消瘦的后背，低着头往前走，未经修剪的头发遮住眼睛。她一步一步地往前走，用躲在头发后面的眼睛谨慎观察着这个世界。她不能不去。

　　正值傍晚，店内人头攒动。收银台上方挂着的数字号牌被灯泡点亮，购物的客人们推着车排队结账。读取货品条码的声音在四周此起彼伏，多喜没拿购物篮，径直走进商场。她穿过成堆的蔬菜和水果，绕过堆积成山的特价方便面，在某个货架前站定。

　　化妆品专区。

　　妆容毫无瑕疵的女演员俯视着多喜，脸上带着妖艳的笑容。货架造型特殊，内部设有照明，知名化妆品公司的商标非常醒目，货架整体散发出夺目的光芒。在光芒衬托之下，摆放在货架上的产品包装为统一的深红色，仿佛要把人整个吸进去，金色的英文字母则透着某种傲慢的气息。多喜并不知道这些东西的使用方法。

　　隔壁的货架上陈列着另一家公司的产品，货架没有内部照明，显得比较低调。多喜找到了口红，这她还认识。她随意拿起一支，脑袋不动，只用眼睛左右扫视。

旁边没有人。

应该可以。

她的手忽然颤抖起来，心脏剧烈跳动。呼吸也变得急促，喉咙干渴。

多喜闭上眼睛，将口红塞进外套口袋。她僵在原地，无法呼吸。耳边仿佛响起诘问声："喂，小朋友，你把什么东西塞进口袋里啦？！"

十秒、二十秒，什么都没发生。多喜睁开眼睛，谨慎地左右观望。没有人在看她。口袋中的口红像一根刺似的，刺痛她的手掌。多喜鼓足勇气，将它紧紧握住。

多喜依旧把手插在口袋里，弓着背，离开了化妆品专区。她绕了一个大圈，走出商场。来到那批肖像画跟前时，她不自觉地加快步伐，一气跑出商场。她知道这么做会显得更刻意，但根本无法控制自己。

她在停车场找到自己的自行车，双手终于从外套口袋里拿了出来。那支口红被装在黑色的圆柱形包装盒里，盒子的边缘有金色装饰，印着金色的小字"美唇名媛"。

多喜回头张望。

没有大人追过来。

多喜将口红放回口袋，迅速骑上自行车，用力踩下脚踏。口红在她的口袋里左摇右晃。

多喜家被发黑的石头围墙围着，占地面积比周围人家略大。院子里有一棵挺拔的松树，看起来缺乏修剪。一到夏天，松树上会落下许多毛毛虫，地面上堆满枯叶。院子的一角有个小池塘，现在被杂草遮住，看不见了。这座两层楼高的木造建筑原本相当气派，如今却格外破旧，半个世纪以来饱受风雨侵蚀，板壁的颜色已经剥落殆尽。

多喜将自行车停进储藏室。这时天已经开始黑了，太阳落了下去。透过面对院子一侧的窗帘，能够听到电视的声音，起居室亮着灯。此刻的多喜多么想从大门逃出去，然而她忽略自己的想法，走到房门边。

正当多喜准备开门时，背后传来一个声音。

"小朋友。"

多喜站在原地，只见一个身穿灰色西装的男人缓步从大门口走进来，脸颊胖胖的，单眼皮。他的头发整理得一丝不苟，格外光亮。他面带微笑，多喜很清楚，这笑容是职业性的。

"你是这家人家的孩子吧？"

多喜把手插进外套口袋，紧紧握着口红。

"不是吗？你是住在这里的对吧？"

多喜心想，他一定是商店的人，一路跟到家门口。偷窃行为从一开始就暴露了。一切都完了。

然而，穿西装的男人却说出令多喜意想不到的话："我是市政府的工作人员，你的外公在家吗？"

多喜瞪大了眼睛。

"我是来找你外公的。"

多喜忽然感到透不过气。

"你能不能跟我说实话，你外公，是不是已经……"

背后的移门被拉开了。

多喜被门里伸出的手臂拽住，拉进屋里去。一副庞大的身躯顺势挡在她身前，移门砰的一声关上，隔热玻璃发出一连串声响。

"你是谁啊！"

女人那低沉的嗓音透过隔热玻璃传到多喜耳边。

"我是市政府的……"

"市政府的人找我们有事吗？"

"这里是久野贞藏老先生家吗？"

"是又怎么了？"

"贞藏老先生在家吗？"

"在不在家关你什么事？"

男人的声音小了许多，听不清楚。

"我爸最讨厌跟人打交道了，除了我以外，谁都不想见。一看到陌生人，他就乱发脾气，所以我没办法让他出来跟你说话，明白了吗？"

"话不能这么说……"

"你是想说我在骗你吗？啊？怎样？你这是在侮辱我的人格吗？"

"没有，我不是这个意思……"

"那请回吧！立刻给我走！别让我再看到你！走啊，你倒是走啊！快走！"

"不、不要动手啊你，别动手行吗？"

男人的声音逐渐远去，他似乎被强行推了出去。

女人回来了。

移门被拉开。

一道冰冷的视线打在多喜身上。金色的头发卷曲着垂在肩上。整张脸上，只有眼睛涂抹着过于浓烈的彩妆，仿佛为了让眸子看起来更大一些。这种不均衡的妆容营造出格外怪异的印象。女人身形如酒桶一般，穿着白底粉色条纹的运动款居家服——簇新的一身。

女人撇了撇下巴，示意多喜进去。

多喜脱下鞋子进屋。突然后背被猛地推了一下，她踉踉跄跄地走进起居室。电视机开着，被炉茶几裸露在外，台面上摆满了啤酒罐和垃圾食品，烟灰缸里塞满烟蒂，窄窄的打火机是金色的，手机上张牙舞爪地粘贴着各色装饰贴纸。

女人在坐垫上盘腿而坐，用遥控器关闭电视，说道："傻站在那儿干吗！"

多喜踱过来，跪坐在榻榻米上。

女人将右手支在膝盖上，斜着身子。

多喜从口袋里掏出口红，小心翼翼地递给她。

女人一皱眉，拿过口红，只是一瞥便立刻破口大骂道："你是白痴吗！"

口红飞过来，击中多喜胸前，落在榻榻米上。"美唇名媛"几个字散发着悲哀的光芒。

"谁让你去偷这种便宜货了？我要更贵的那种，高级的那种！不就在旁边吗！红色的！小瓶的！怎么就拿错了呢？你肯定觉得，像我这种低级的女人，只配用这种便宜货对吧！"

多喜拼命摇头。

"不好意思啊，我这么低级！"

女人盯着多喜，眼中满是嫌恶的火焰，就好像这个世界上所有的罪恶，都是多喜一个人引起的。

"下次要是再失败，我就让你滚出这个家。知道了吗？"

多喜点点头。

女人哼了一声："让我空欢喜一场，今天晚上不准吃饭，好好反省一下，小东西！"说罢叼起一根烟，点着了火。

多喜的房间在二楼，差不多十平方米。属于多喜的东西，只有刚念小学时买的书桌和红色的书包，以及最基础的文具用品。

那天晚上，多喜空着肚子，钻进被窝。她的房间里没有电视或收音机，自然也不会有智能手机或翻盖手机。一片寂静的房间里，传来电视的声音和那个女人的笑声，不久还有外卖比萨的香味从楼下升上来。

（肚子，好饿……）

多喜在心中自言自语着，她的心声谁都听不到，只能被埋没在这漆黑的房间里。她失落地望着天花板，那些陈列在优而茂购物中心、不知是谁以母亲为题画的肖像画浮现在黑暗中，旋即消失得无影无踪。

3

　　岛本温子成为保育员的契机是那次职场体验实习，那时她高中一年级。当时去的不是育婴院，而是一家保育院。她穿着体育课的那套运动衫裤，套着从母亲那儿借来的围裙，紧张地站到孩子们面前，还没做完自我介绍，就被孩子们的欢声笑语包围。或许是很高兴见到她这位新来的大姐姐，每个孩子脸上都带着灿烂的笑容。

　　温子如今早已记不起那一天是如何度过的。她为精力充沛的孩子们忙得团团转，一天很快就过去了。虽然身心俱疲，情绪却格外兴奋。

　　高中三年级填志愿，温子认真思考了自己的将来，在选择未来的职业时，她想起那次职场体验实习过程中，指导她的保育员说过的一番话。

　　"孩子们要多笑。只有多笑，他们长大成人之后，才有战胜困难的能力。保育员的工作，就是让孩子们的脸上能够绽放笑容。"

温子的心中就像有个什么开关被打开了似的。她甚至不敢相信，自己会对成为保育员如此充满热情，她查询了相关信息，并把自己的打算告知双亲。父母原本希望温子能够进入四年制大学念本科，但最终还是尊重了温子的决定，由着她进入培养保育员的大专学习。温子和母亲常常在电话里争得不可开交，但对这件事，她始终心存感激。

在大专的保育员实习过程中，温子了解到育婴院的存在。与保育院不同的是，育婴院的孩子们傍晚并不回家，他们必须二十四小时生活在育婴院里。而且，绝大多数的孩子不满两岁。最大的孩子，基本上刚刚会走路，开始学说话。总而言之，育婴院里的孩子几乎都是婴儿。在一生中最需要父母疼爱、最渴望被宠爱的时候，他们却无法被父母接回家。还有比这更可悲的事吗？温子本以为孩子与父母生活在一起是再正常不过的事，了解到育婴院的状况后，她的泪水不禁夺眶而出。她根本无法接受。

然而，育婴院里的孩子们仍旧笑得那么灿烂。也许多亏保育员们的不懈努力，孩子们的脸上才"能够绽放笑容"。

温子深切地体会到了这句话的分量。

她毫不犹豫地选择了育婴院的工作。在经过几次面试后，她最终被保育员实习阶段去过的双叶之家录取了。

温子认为，不能把自己的想法套在孩子们身上。孩子们没有先入为主的观念，他们眼中的世界与大人们眼中的截然不同，具有独特的价值体系。孩子们处在一个别样的文化和世界之中。受制于常识的想法有时未必行得通，过去的成功案例也无法原封不动地套用到别的孩子身上。保育员唯有随机应变，找到每个孩子不同的个性特点，灵活应对。这或许就是婴儿保育的难点，同时也是乐趣所在。

这十二年来，温子全情投入地面对每一个孩子。身为"保妈"，她负责过的孩子已经超过三十名，其中大部分不满一岁，而像幸太这样接近两岁的也有好几个。直到最近几年，手头的工作终于变得顺手了，或许就是这个原因吧。

温子忽然感到一阵失落。

"总算肯睡觉了。"寺尾早月压低声音道。

带有围栏的婴儿床在房间里一字排开，只开着几盏小灯。每一张婴儿床上，都睡着一名不足十二个月的婴儿。睡眠时间比较稳定的一岁婴儿被安排在另一间卧室。

"我们也歇一会儿吧。"

夜班员工需要每隔十五分钟巡视零岁婴儿的房间，一岁以上婴儿的卧室则三十分钟去一次。如果有孩子哭了，就要立即找到哭泣的原因，换换尿布，或是喂奶。有些孩子抱一抱也就消停了。

回到保育员休息室，温子用勺子在喝茶的杯子里加入速溶咖啡粉。

寺尾早月见了说道："岛本姐，很少看你喝咖啡啊。"

"你喝吗？"

"好啊，那我也来一杯。"

温子将热水注入杯中，热气升上来，咖啡的香味掠过鼻尖。她打开冰箱，从里面取出一个可爱的蛋糕盒子。

"这是什么啊？"寺尾早月瞪大眼睛问道。

"我买来当夜宵的。"

"哦，这家店，我听说过，很有名的！"

温子将印有店铺名称"Chez Nakayama"的纸盒打开，银色的碟子上有两只大大的泡芙。

"哇，好大啊！"

"你尝尝看吧！"温子合掌示意。

"我可以吃吗？"

"独乐乐不如众乐乐嘛。"

寺尾早月微笑道："那我就不客气了。"她拿起一只泡芙，张开嘴巴咬了一口，挤压出的奶油沾在她的鼻头上。"哎呀！"她叫道，笑得像个孩子。

温子也尝了一口，香草的香味细腻而有层次，瞬间占据了她的感官。

寺尾早月用手指擦了擦鼻子上的奶油："哦，所以今天才喝咖啡呀。"

"比起喝茶，还是咖啡跟泡芙更配吧。"

自打上次之后，温子与寺尾早月表面上一如往常，她们的社会阅历毕竟不少。但为了消除那份尴尬，温子觉得应该有所表示。

合作上夜班的日子，正是推心置腹的大好机会。温子特意去这家口碑绝佳的蛋糕店买了两只泡芙，这样会容易开口些。美味的食物能够使人不自觉地卸下心防。

寺尾早月忽然闷闷不乐起来。她手里拿着剩下的半只泡芙，望着混有香草豆的奶油发呆。

"怎么了？"

"真想让健一郎也尝一尝啊……"

温子很能体谅她的心情。

"不过，就算他是我负责的，这么特殊对待也太偏心了是吧……"寺尾早月将剩下的泡芙塞进嘴里，脸颊鼓鼓的，不紧不慢地咀嚼着。

"也对。"温子吃完泡芙，喝了一口咖啡，冲淡口腔中的甜味。

"谢谢你的泡芙。"寺尾早月伸出双臂，做了个合掌的手势。

"不用客气。"温子回应道，随后尽量装作不经意地提了一句，"上次的事，不好意思哦。"

寺尾早月一脸诧异。

"健一郎的事正如你所说，幸太离开了，我心里空落落的，拿你出气了，是我不好。"

"没有……哪里的话……"

"我心里一直觉得过意不去，又找不到什么机会跟你说，这才拖到现在。"

寺尾早月连连摇头，一副受宠若惊的样子，说："该说对不起的是我，我说了不该说的话，后来我一直耿耿于怀，想要跟你道歉来着……也一直找不到机会。"

"是啊，这种话很少有机会讲呢。"温子望着寺尾早月，温和地笑着。这几天以来，缠绕在心头的芥蒂总算消除了。

"岛本姐，问你件事行吗？"寺尾早月的表情看起来格外爽朗。

"什么事？"

"你跟幸太分开的时候，心里怎么想？"

温子左思右想，不知如何作答。不是她不愿意回答，而是想不到合适的词语描述当时的心情。

"我一想到要和健一郎分开，就难过得不得了。"

健一郎正与准备收养他的那对夫妻培养感情。听说，他很快就要尝试在外留宿。先住一晚观察状况，随后适当延长。接着，一旦养父母与健一郎双方都觉得合适，就能正式确定收养关系。

"昨天啊，健一郎那小子跟西仓夫妇玩得别提有多开心了……我心里就很不好受……"

所谓的西仓夫妇，就是准备收养健一郎的那对夫妻。

"所以我就故意对西仓夫妇很冷淡。我知道这样不好，可就是……"

温子望着手边的茶杯安慰道："你的心情我明白，你心里一定在喊，那是我的孩子。"

"要是和健一郎分开了，我真不知道自己会变成什么样子，我好害怕。到时候，我会不会把一切都搞砸了……"

温子笑了笑。

"你别笑我呀，我可是说真的！"

"你误会了。我不是笑你，是想到了过去的情景。"

"……"

"主任和副院长没跟你说过吗？"

"说什么……"

"我第一次跟负责的孩子分开，也哭喊得惊天动地呢。"

"没搞错吧！"

这千真万确。

温子第一次担任保姆，因为过于投入母亲这一角色，忽略了周遭的一切。当收养关系确定后，她心中的惊恐和愤怒格外强烈，就像亲生孩子被夺走那样。她努力控制自己，可还是在与负责的孩子分别的当口，彻底失去理智，不住地哭喊起来。

"还给我！把我的孩子还给我！"

温子试图从养父母的车里将孩子夺回来，幸亏双叶之家的工作人员及时制止。后来温子整整哭了一天。

"真没想到，岛本姐也会这样……"

"现在我还没习惯呢，当然倒不至于大喊大叫……但总是在心里流眼泪。"

寺尾早月轻轻点点头。

"没办法，要我说，这就是我们的工作吧。"

"可这也太不公平了。关于我，健一郎很快就会……"

两岁之前的记忆，在长大成人之前，会彻底消失。再怎么倾注爱意，都无法被孩子记住，而且不会留下一丝痕迹。保育员会一辈子记得负责过的孩子，而孩子会彻底把保育员忘掉。无一例外得近乎残酷。

"不过，对育婴院的孩子们来说，跟我们之间的关系，会成为今后人际关系的原型。我们给他们爱，他们才会有信心，相信自己是值得被爱的。他们长大以后，才会去爱别人，才能好好做人。我们是在帮那些孩子为今后几十年的人生打基础，还有比这更重要、更神圣的工作吗？"

说到这里，温子终于意识到，这番话是某个前辈保育员曾经讲给自己听的。而现在，轮到寺尾早月若有所思地认真听着。

温子突然脸上一股潮热，说："要是不这么想，这份工作可怎么干下去啊！"她伸手拍了拍寺尾早月的肩膀。

"是啊，可不是嘛。"寺尾早月表示同意，笑道，"岛本姐，你说的那个孩子是男孩吗？"

"女孩子。"

"哦，是吗？"

"怎么了？"

"没什么，我以为是男孩呢。"

温子心想，她果然满脑子都是健一郎。

"现在差不多小学？"

"离开这里是在九年前，现在十一岁，小学五年级吧。"

她已经这么大了。温子想到这里，胸中涌起一股暖流。

"之后你们见过面吗？"

"离开这里大概一个月后，养父母带她回来玩过一次，之后就再也没见过面了。"

寺尾早月的表情黯淡下来。

"你也不知道她如今在哪儿，过得怎么样？"

"五岁的时候他们办了入户手续，跟福利院的关系彻底切断了。"

养父母与养子女没有血缘关系，但办理入户手续后，户籍上就是完完全全的亲子关系了。

"你不想见见她吗？"

"当然想，可是会给他们添麻烦吧。"

"为什么？"

"他们现在已经是亲子关系了，我的出现又能改变什么呢？况且那孩子也早就不记得我了。"

"这话也没错……"寺尾早月露出悲伤的神色。

然而，这一切是保育员的宿命，唯有接受。

"你还记得那孩子叫什么吗？"

"她叫多喜。"

"多喜？"

"多少的多，欢喜的喜。她被人遗弃在福利院门口，这是我给她取的名字。"

"你还给她取了名字……"

"幸太也是，如果给他们取过名字，就特别难以忘记。所以，事到如今，在我心里面，仍旧把她当成自己的孩子。"

"名字……"寺尾早月低着头，"我又能为健一郎做些什么呢……"

"你已经做得很好了，"温子望了望壁钟，"差不多该去巡视了，我去吧，你再休息会儿。需要帮忙的时候我叫你。"

"不，我跟你一起去。"见温子站起身，寺尾早月也迅速站了起来，刚才的沉郁表情一扫而光。

"那好，一岁的孩子交给你了，我去零岁那边看看。"

两人并肩离开保育员休息室。

温子来到零岁孩子们的卧室，确认每个婴儿呼吸正常，又看了看他们的脸色，检查有没有发热状况。英作、左京、久留美、千波……大家都睡得很踏实，熟睡的脸庞宛若天使。忽然背后传来哭声，是五个月大的飞鸟，她三周前因母亲患上神经衰弱被送来双叶之家，保姆是资深保育员村田公子。

"咦，飞鸟，怎么啦？"温子柔声问道，一边将孩子从床上抱起来，尿布还没湿，"是不是肚子饿啦？"

这时，巡查完一岁孩子卧室的寺尾早月走了过来，问道："飞鸟怎么了？"

"可能是要喝奶，能帮我一下吗？"

"没问题。"

每个零岁婴儿都有专用的奶瓶。寺尾早月去配奶间准备牛奶，拿过来给温子，递给她前还在手背上滴了一滴，说："可以了。"

温子将飞鸟抱在怀里，接过奶瓶。奶嘴一靠近，飞鸟就一口含住，大口大口地吮吸起来。

"果然是肚子饿了。好喝吗？"温子一边喂奶，一边跟婴儿说话。

飞鸟喝奶时，眼睛紧紧盯着温子，清澈的眸子中倒映着温子的脸庞。这是心灵相通的时刻。每当这时，温子总会想起那句保育员们时常提到的话："婴儿喝下去的不仅仅是奶，还有保育员的温柔呵护。"

上完夜班回家，已经上午十点多了。放在以前，温子通常会好好洗个澡，冲走汗水，躺下睡个三小时，体力就差不多恢复了。三十岁后身体状况大不如前，不洗澡先换上睡衣，躺进被窝，一合上眼意识立刻朦胧起来，沉沉地一直睡到傍晚，睡醒后再起来洗澡。

可是这一天，温子躺在被窝里，怎么都睡不着。想入睡的她，仿佛喝了十杯咖啡似的，神经网络的深处维持着清醒状态。

一小时后，温子暂时放弃入睡。原本以为睡眠质量是自己唯一的优势，现在终于要为失眠而烦恼了吗？是年龄使然，还是压力造成的？与寺尾早月的芥蒂解开后，情绪上应该毫无负担才对啊……

温子左思右想，并没有什么头绪。

昨晚，她又提起了第一次担任保姆的情形。那孩子离开时的情景、当时的感觉在心头卷土重来，几乎把彼时的心路历程重新走了一遍。或许这才是失眠的症结所在。

（多喜……）

你长成什么样的女孩子了呢？温子很想跟她再见一面，好好说说话，现实却不允许她这么做。而且，那孩子知不知道自己的养女身份，温子也无从知晓。如果养父母没有告诉她，她以为自己是父母的亲生女儿，温子贸然接近，风险显然太大。要是她已经知道了自己的身世，那又如何呢？无论如何，她应该从养父母的口中得知真相，第三者不该多嘴。

（该怎么办呢……）

要不洗个澡吧。温子下床时，一眼瞥见了那台笔记本电脑。

"哦……对了。"

温子不往浴室走，反而坐到书桌前，按下了电脑的电源。

　　曾经有一次，温子在网络上搜索初恋男友的名字，没想到接入了某公司的主页，发现他正担任那家公司的销售组长，还看到了他的照片。或许也能查到那孩子的近况吧，这么做也不至于有伤害那孩子的风险。

　　温子怀着兴奋的情绪，打开浏览器，在搜索框中输入"樫村多喜"四个字。

　　"找到了！"

　　出乎温子意料，虽然结果不多，但也不止一条。

　　温子压抑雀跃的心情，点开了第一个网站。那里汇集了许许多多不同种类的新闻报道，不是报社、通讯社运营的网站，而是普通人依照个人兴趣进行收集、管理的站点。

　　"樫村"和"多喜"这四个字在无数文章中的某一篇里跳出来。

　　时间是三年前的八月。

　　某日晚九点二十分许，某县（相当于中国的省）某市的县道上，一辆面包车越过道路中心线，迎面驶来的一辆轿车为避让撞向路边的电线杆，车毁人亡。根据警方发布的消息，现场为直线双车道，视野开阔。驾驶面包车的是某市无业人员长内博重（五十七岁），事故发生时，他喝了很多酒。

因为这起事故，驾驶轿车的公司职员樫村健吾（四十七岁）及后排的妻子英代（四十二岁）死亡。同样坐在后排的大女儿多喜（八岁）被送院抢救，至今昏迷不醒。樫村一家结束旅行，当时正驱车回家。

温子的睡意被彻底冲散了。

樫村健吾、英代、多喜。

不会有错的。

就是那孩子。

就是他们一家。

"至今昏迷不醒……"

温子试图在网络上查询进一步的消息，却并无收获。所有站点都只报道了事故的消息，只字未提多喜之后的状态，是否痊愈出院，抑或不幸丧命。

4

樫村多喜就读于五年级二班，班主任是位至少有三十五岁的男老师，姓永濑。由于热衷健身，他的手臂像大腿那样粗，即使在冬天，皮肤也晒得黝黑，嘴巴微微向前凸，孩子们背地里管他叫"猩猩永"。他还没结婚。

第六节课上完，永濑站在讲台上环顾四周，手边是厚厚的一摞褐色信封。"好了，最后要公布前几天摸底测验的结果。叫到名字的同学要大声回答，然后上来领成绩。第一位是，浅井孝明……"

永濑按照学号逐一念出孩子们的名字。被叫到的孩子答一声"到"，随后走上讲台。接过装有成绩单的褐色信封，孩子们回到座位上，赶忙打开来看。教室内叽叽喳喳起来。

"樫村多喜……"

多喜默默站起来，往讲台走去。

永濑小声鼓励道："还是很棒，继续努力！"

多喜接过褐色信封，有气无力地鞠了个躬。

"下一位，加藤隆人……"

这次摸底测验是市内一年一度，针对所有小学进行的统一测试。正确答案不另行公布，成绩则会罗列出来发还给每位学生。

多喜回到座位，将褐色信封放在课桌上，听着一个一个名字在耳边响起，望着信封上自己的名字出神。

"樫村，你怎么了？"邻座的加藤隆人搭话道，他指了指没开封的褐色信封，"你不打开看吗？"

加藤隆人擅长体育，成绩优异，很受女生们的欢迎。他现在已经有女朋友了，是一班的绫岛澄香，放学时他们经常手拉手回家。

"让我看看嘛，我的成绩也给你看。"

不知道为什么，他总是把多喜当成假想敌。此时，他硬是把自己的成绩单塞到多喜手里，一把抽走多喜课桌上的信封，擅自打开，从里头取出成绩单。

"你也看一下我的呗。"他瞥了多喜一眼，将折了两次的成绩单展开。

多喜拗不过他，只好也摊开了加藤隆人的成绩单。得分是语文九十五分，数学九十七分。市内学生的平均分，两科均为六十分。他的成绩可以说出类拔萃。

"什么嘛……"加藤隆人愤愤地叹道，一面将多喜的成绩单还了回来，同时夺走自己的那张。

多喜的成绩是语文九十四分，数学一百分。

"你没去补课吧？"

多喜点点头。

"我一年级开始就一直去补课，为什么我的分数还不如你呢？"

语文的分数他比较高，看来他耿耿于怀的是数学成绩。

"安静！"

教室响起永濑的声音，叽叽喳喳的孩子们安静下来。将所有成绩单分发完毕后，永濑开始讲评此次摸底测验，他一面表示班上的成绩未达到全市平均分数线，一面又说成绩不能代表一切，接着还叮嘱同学们认真对待测验结果，听得人一头雾水，不明白他究竟想表达什么。

"同学们明天见，下课！"

到了下课时间，永濑跟值日生一唱一和，宣布放学。在孩子们发出的吵嚷声中，永濑快人一步走出教室。

多喜收拾好东西，背上书包，独自走出教室。没有同学过来跟多喜说话。同学们并没有故意忽略多喜，她也不是班上屡受欺负的出气筒，只是绝大多数同学还不懂得如何与多喜相处。在学习方面视多喜为假想敌的加藤隆人，平时也极少跟她说话。

多喜来到一楼，在鞋柜前站定脚步。其他孩子望了她一眼，纷纷换上鞋，越过她离开校舍，走入洒满阳光的世界。有些同学去上补习班，有些去学游泳或芭蕾，另一些则直接回家。

可多喜一步都不想往前走。

（不想回去……）

我再也不想回去了。

多喜转过身，穿过走廊，往医务室走去。

校医姓姬宫，留一头黑黑的长发，长得很漂亮，二十多岁。多喜身体出状况以后，姬宫总是安慰她、鼓励她。

"有什么需要我帮忙的，随时都可以来找我。"

多喜相信：姬宫老师一定能帮我的。

推开医务室的门，多喜看到姬宫和另一个人在一起。双手撑在姬宫的办公桌上，探着头和她说话的正是多喜的班主任"猩猩永"——永濑。他们两个有说有笑的样子。

姬宫首先注意到多喜站在医务室门口，永濑剪断话头，转过脸看她。只是一瞬间，他露出厌弃的神色。

"樫村同学，有什么事吗？"

多喜感到尴尬，看了看姬宫和永濑。

永濑的手从办公桌上挪开，给姬宫使了个眼色，说："那我之后再找你。"

"好。"姬宫的神情格外妩媚。

永濑离开医务室，与多喜擦肩而过时说了句："早点回家哦。"

"今天怎么了？进来坐。"

多喜关上门，背着书包，坐在正对姬宫的圆凳上。

姬宫像往常那样准备好便笺纸和圆珠笔，放在多喜面前。

"永濑老师找我讨论这个月的保健月报。天气暖和了不少，食物中毒多发的季节就要到了。他提议这个月就做这个主题。"姬宫没话找话。可能是留意到多喜格外阴郁，她正色道："把手伸出来。"

多喜顺从地伸出手。

姬宫轻轻握住多喜的手腕："最近是不是瘦了？现在可

是长身体的时候，不好好吃饭，没有足够的营养，可就长不大咯。"

多喜咬着嘴唇，点点头。

"没有食欲吗？还是有什么烦心事？该不会是在减肥吧？对了，莫非是初潮来了？"

多喜连连摇头。

姬宫轻声叹气道："光是摇头，老师也帮不了你呀……关于你现在的状况，虽然都说是精神方面的问题，但你一句话都不肯说……你去做过心理咨询了吧？"

多喜抬起头，盯着姬宫看。

姬宫皱眉道："你没去？为什么不去？这方面的问题，还是要找专门的医生，他们能帮助你尽快好起来。"说到这里，她压低声音："莫非……家里人不让你去？"

泪水就要夺眶而出。

老师，帮帮我。快帮帮我。把我从那个家、那个女人手里拯救出来吧……

"你敢说出去我就杀了你！"

多喜用两只手遮住脸蛋。

她的身体无法抑制地颤抖起来。

"樫村同学，你怎么了？"姬宫着实大吃一惊，"你是不是有什么话想告诉我？能说说看吗？"

多喜的身体表示拒绝，越发不听使唤。

"说不出口没关系，你写下来吧，好吗？"姬宫将便笺纸递过来。

姬宫等待着。

多喜拿起圆珠笔。

在便笺纸上写下几个字。

"我没事。"

多喜放下圆珠笔，站了起来。

"樫村同学！"

多喜冲出了医务室。

5

"咦，岛本，你不是回去了吗？"

"我要查一些资料，能把资料柜的钥匙给我用一下吗？"

"可以啊……怎么了，这么着急？"

野木副院长大惑不解地递过钥匙。温子顾不上道谢，径直走向铁制资料柜，用钥匙开了锁，在一排排文件夹中抽出与多喜相关的，摊在待客用的沙发上。

温子望着最后一页上贴着的一张照片，那是养父母带走多喜当天拍摄的。两岁的多喜笑得天真无邪，抱着多喜的温子，脸上的笑容则看得令人心碎。

"哦，这是多喜吧。"野木副院长凑过来。

"您还记得她？"

"怎么会忘呢？那天，她走的时候，你不是……"

"我在网上查了一下才知道，原来收养多喜的那对夫妻，三年多前因为交通事故去世了。"

野木副院长一时语塞。

"多喜也伤得很重，昏迷不醒……后来的事，我怎么也查不到。这才……"

温子将视线重新投向文件夹，翻阅资料找寻樫村夫妇的地址。资料中应该有所记录……

地址很快就找到了。

看上去像是一套公寓，还留有电话号码。温子拿出手机，拨打了那个号码。在按下通话键的那个瞬间，温子略有犹疑，万一电话接通了，要如何自报家门才好？

然而她根本无须担心。耳边传来空号通知，这个号码果然已经无人使用。

温子关上手机。

"打不通？"

"嗯……"

"是不是被亲戚接走了？当然了，要是她活下来的话。"

温子抬眼望了他一眼。

野木副院长自悔失言，连忙解释："我不是那个意思，我当然愿意相信她还活着。知道他们家其他亲戚的住址吗？"

"不知道……"

如果多喜被亲戚接走，恐怕很难找到她的下落。可温子想要确定多喜还活着……

"要是没人收养她，儿童养育机构应该会插手吧，儿童咨询处那边肯定知道。"

"我去问问看。"

温子用手机摄像头拍了公寓的地址，权当做笔记。她认为多喜多半已经搬走了，但或许能从周围邻居口中得到些许线索。

"你准备怎么做？"

"我先去公寓跑一趟，碰碰运气。"温子站起身，把文件夹放回资料柜，上好锁，交还钥匙。

"现在就去？你不是刚上完夜班吗？"

"知道这件事情以后，我怎么睡得着啊？"

"话是这么说……"野木副院长抱着手臂，一脸严肃，"岛本，有件事情我想问清楚。"

"您说。"

"如果打听到多喜的住处，你准备怎么做？"

"这个嘛……"

"你曾经是多喜的保姆，但是，你们分开也已经好多年了，贸然闯入她的生活……"

"这一层我明白的。"

"那你还……"

"我只要多喜现在幸福快乐，就足够了。我并不是要跟她见面，去跟她说什么。"

"那如果她现在的状况谈不上幸福快乐呢？"

"……"

"她的养父母去世了对吧？无论她身在何处，日子一定没那么好过吧。如果你看到多喜落寞的背影，你确定自己能够做到不去打扰她的生活吗？"

"您这是什么意思……"

"我觉得你有点失去理智了，如果任由你这么下去，恐怕有点危险。"

"……"

"你好好想一想，要是多喜把去世的养父母当成自己的亲生父母，你的出现，会彻底颠覆多喜的世界观。她的头脑会被你搅乱，说不定心灵还会受到极大的创伤。这一类的问题是很敏感的，我们必须慎之又慎……"

"您说的我都明白！"温子不禁拔高嗓门，随后立刻深吸了一口气，笑道，"不好意思，我有点激动。在您眼中或许我还不够成熟，但我已经跟当时不一样了，这些道理我都明白。"

野木副院长紧闭双唇，点点头。

"您不用担心。我知道分寸的，我先走了。"温子作势离开办公室。

"等一下，"野木副院长叹了口气，从办公桌最下层的抽屉取出一罐咖啡，"这个你拿去喝吧。"

"这是您自备的饮料吧……"温子推辞道。

"要是你开车的时候睡着了，可不就出大事啦？聊胜于无吧。"野木半开玩笑道。

温子接了过来，说："谢谢您，我不客气了。"

"开车千万注意安全。"

"知道了！"

温子坐进自己的马自达2，将野木给的罐装咖啡一饮而尽。淡淡的苦味让脑细胞苏醒过来，适度的甜味缓缓扩散。

温子发动引擎，从刚才拍摄的照片中找出地址，输入车载导航仪。

"出发！"

马自达 2 向前驶去。

公寓名为"安宁村庄坂田"，名称镌刻在金属板上。刚满两岁的多喜住进养父母的家，在这里开始她全新的生活。

公寓没有自动门禁，门厅处安装着一排附有旋转密码锁的邮箱。每个邮箱上都标注着住客的姓氏，多喜原本居住的302 室如今标着"佐藤"，其他邮箱也看不到"樫村"字样。

温子对此早有预料。而且，樫村夫妇在收养多喜后，也未必会继续租住这套公寓。多了一位家庭成员，他们可能会寻找更适合的住处。温子并不期待能从这里打听到多喜的消息，只是抱着碰运气的心态。她乘坐电梯来到三楼，按下 302室的门铃。

门内没有反应。

温子又按下 301 室的门铃，心想邻居或多或少会和他们有过交往，不过这边同样没有反应。

303室也一样，但温子侧耳倾听，门内传来些许电视的声响。这一户似乎有人，故意不肯应门。温子按了三下门铃后，选择放弃。

抱着试试看的想法，温子也按了按304到306室的门铃，结果并无二致。

温子临走前再次来到303室门口，按下门铃。这一层楼里，似乎只有这一家有人在家。

"不好意思，我想请教一下关于302室樫村一家的情况，有人在家吗？"温子对着房门朗声问道，门内毫无动静。电视的声音依旧不绝于耳，夸张的爆炸声混合着铿锵的音乐，屋主或许在看某部好莱坞电影。

"住在302室的小女孩，您知道她现在去哪儿了吗？"

房门忽然打开了，扣着防盗门链。一张脸透过门缝向外张望，是个褐色短发的年轻男子，单眼皮，不怀好意地睥睨着温子。

"你谁啊？侦探？"

"不是……我是育婴院的保育员。"

"什么？"

"以前，隔壁302室住着樫村一家，您认识他们吗？"

"樫村？"男子做思考状，从上到下打量了温子一番，"哦，你是说樫村一家吧？"

"您认识他们吗？"

"就是带着个小女孩的对吧？"

"没错！我正在寻找这个女孩，想知道她现在去哪儿了。您了解吗？"

"嗯，怎么说呢……好像是听到谁说起过……"

"是亲戚家，还是去福利院了呢？我估计这两种可能性居多。"

"哦，你这么一说……"

"您知道吗？"

"嗯，我想起来了……"男子嘴角上扬，"告诉你，有钱拿吗？"

温子不知如何作答。

"消息可不是白给的，小姐姐。"

"不好意思，我问一下，您在这幢公寓住了多久啦？"

"两年吧。"

很明显，他跟樫村夫妇不会有交集。

"算了，不收你钱了，免费告诉你。"

门忽然关上了。耳边传来金属碰撞的声音，接着门再次开启，这次没有扣门链。

"进来聊，你想知道什么，我全都告诉你。"

男子伸手拽温子，温子下意识地闪开了。

男子笑眯眯地说："怎么了？说了不收你的钱。不要客气嘛，难道你不想知道那女孩的下落？"

"樫村夫妇两年前已经不在这里住了，你在撒谎吧。"

男子不屑道："这有什么大不了的，进来玩嘛。我这儿有好东西，包你开心。"

男子再次伸出手来。

温子撒腿便跑。背后传来令人毛骨悚然的哄笑声。顺着楼梯跑下楼，飞身钻进停在路边的马自达2，锁上车门，待凌乱的呼吸重归平静后，温子望着眼前的这幢公寓。

（差点被人非礼了……）

温子伏在方向盘上，眼中流下悔恨的泪水。

到最后，能够确定的仅仅是多喜已经不住这里了。温子对此早有心理准备……

（我的努力，真的有意义吗……）

早在三年前，樫村夫妇因车祸去世。就算知道多喜的下落，又能怎么样呢？要是她现在过得幸福快乐，或许自己也就放心了；但正如野木副院长所说，多喜即便有幸生还，也极有可能过着谈不上幸福的生活，无法贸然接近她的自己，又能做些什么呢？这一切又有什么意义呢？还不如一开始就什么都不知道呢……

（但是，如果那孩子，正好需要谁帮她一把呢……）

温子从方向盘上支起身子，打开手机。

钻牛角尖于事无补，先搞清楚事实，再决定怎么做也不迟。在联络管理公寓的不动产公司后，对方表示无法随意透露个人信息。温子心想，如果多喜转入儿童养育机构，片区所辖的儿童咨询处应该会有记录。

标示为咨询科的房间里，电话铃声此起彼伏。男女数名咨询科职员负责接听电话，人手显然不太充足。

然而，与紧张的氛围形成鲜明对照的是，职员们通话时的语调不紧不慢，甚至面带微笑，仿佛只是无关痛痒的日常闲聊。

"那好，我等您再来电话，好的。"

某位男性职员将电话听筒放归原位，脸上的笑容瞬间消失，露出凝重的神色，在手边的便条纸上快速写下几行字，随后抬头看了看温子，灿烂的笑容重新浮现出来。只见他站起身子，迈着轻快的步伐走过来。

"您有什么事吗？有什么能帮您？"声音异常柔和亲切。

"我刚才来过电话，我是双叶之家的岛本。"温子答道。

听到这里，令人感到亲切的氛围瞬间消失殆尽，男性职员没好气地说："哦……是你啊，你还真来啦？"

他看上去二十出头，顶多三十，身材瘦削，却一点都不孱弱。

"你眼睛好红啊，看上去像一宿没睡似的，估计你想咨询的问题很严重吧。"

"的确很严重，而且我刚上完夜班，没睡过觉也是事实。"

男性职员顿了顿道："那……真是辛苦你了。"他略微低了低头。

温子在马自达2上拨通了儿童咨询处的电话，打听消息的请求并没有引起对方足够的重视，于是她决定亲自跑一趟，直接到咨询处当面交涉。

"你是双叶之家的对吧？"男性职员瞥了一眼办公室，"负责人是筱崎，她现在正好在通电话……"

顺着他的视线看去，送走幸太那天也在场的那位女性职员正手握听筒，很诚恳地点着头。

"会讲很长时间吗？"

"说不准，一小时之前就开始了，估计还得一小时吧。"

"一小时……"

"要么你下次再来？"男性职员望着温子。

"不，我在这里等吧。"温子毫不犹豫地说。

男性职员叹了口气，看看手表说："真拿你没办法，这样吧，有什么话你先跟我说好了。三点我有事要外出，不能陪你聊太久，有什么事情我可以帮你转告筱崎。"

温子表示同意。

右边的走廊连接着几间会客室。温子被带往最靠里的一间，房间门上刻着"会客室 1"的字样。

温子与男性职员面对面坐下，随后交换名片。为了积累社会资源和人脉关系，保育员们也都备有名片。男性职员名叫近藤和人，职位是儿童福利中心咨询员。

温子简单介绍了多喜的状况，表达希望了解她生活近况的请求："我心想，儿童咨询处这边应该会有多喜的消息。"

"正式收养关系已经成立，也就是说户籍上不再是领养了，而且过去六年了，不太好说啊。你知道当时是谁负责的吗？"

"是一位姓宫田的负责人。"

"宫田……我来这边后，没听说过这个名字。可能是调职走了，也可能已经辞职了。"

"您是什么时候调来这边的？"

"五年前吧。"

"也就是说，据你所知，咨询处从来没有处理过樫村多喜的案例？"

"至少我在例会上从来没听过这个名字。养父母双双车祸去世，这样的状况太少见了，要是会议上提起过，肯定会有印象的……"

"会不会是其他儿童咨询处负责的呢？"

"如果这孩子的领养是我们负责的，那就算其他部门接手处理，照例也会通知我们一声才对。"

"是吗……"

"再者说，你去拜访过的那幢公寓，也在我们的管辖范围内。如果她三年前刚刚搬走，按理说还是由我们负责。"

如此说来，多喜进入儿童养育机构的可能性相对较低。那么，会不会是被亲戚收养了呢？可是，这又从何找起呢？温子一筹莫展。

"你不用这么担心，"近藤和人直截了当地说道，"可以查户口本，不行的话还有户口本的存档。"

"能查到吗？"

"如果那孩子被人收养，只要是正常人，都会去迁户口吧。不办这些手续，是不能报读小学的。户口迁出的记录会保留五年，只要查一下就清楚了……"

事故发生在三年前，如果事故前多喜一直住在那幢公寓，那么户口迁出的记录应该还在。

"但是作为毫不相关的人，至少在法律上你跟她一点关系都没有，你去申请调档，对方通常不会受理。最近对于个人信息的保护也比较严格，有关部门都抓得很紧。"

"那么，如果你们出面呢……"

"是的，我们可以说她父母失踪了，想要找寻他们的下落……"

"您能帮我这个忙吗？"

近藤和人为难地说："这个案例，并不牵涉具体的虐待情节，没错吧？我们也不是私家侦探，拿的是纳税人的钱，不能满足你个人的愿望……"

温子激动得差点当场拍桌子，气愤地说："是你们帮那孩子找到了新家，难道不应该保持跟进吗？"

"跟你这么说好了，我们也是很忙的，真的是不可开交。一个人要负责三十多个案子，如果每个案子都把自己代入，根本吃不消。今天，我马上就要去处理一个案子，把一个孩子从他父母那儿暂时接过来，是个遭到虐待的六岁孩子，他父亲肯定会强行阻挠。"

"我非常明白，这里的每一位工作人员都是全身心投入的，为了帮助更多的孩子。但是，多喜何尝不需要帮助呢？她不知道亲生父母是谁，好不容易被收养，养父母还不幸去世，现在没人知道她过着什么样的生活。她只有十一岁啊。能不能至少把她的下落查清楚呢？求你了！"温子深深低下头。

"你别这样……请把头抬起来……"近藤和人着实犯了难，"我能问个问题吗？"

"请说……"

"九年前，这个孩子跟你分开，为什么你还念念不忘呢？"

"她出生后不久就由我负责照顾，我把她看作自己的孩子。"

"这样的孩子，不止一个吧？"

"没错，有好几个。"

"你难道不会枯竭吗？"

"这是我的工作啊。"

近藤和人静静地望着温子，眨了眨眼说："好吧。那我帮你查一下她现在的住址，这就够了对吧？"

"太谢谢您了！"温子悬着的心终于放下来。

"不过，别抱太高的期望，如果五年前搬走，记录可能已经被销毁了。"

"我明白。"

"真拿你没辙，"近藤和人缓缓摇了摇头，用半开玩笑的口吻说，"育婴院的保育员也是份苦差使呢。"

6

玄关上了锁。

樫村多喜用随身携带的钥匙开锁进门。环顾起居室，那个女人不在家。可是，那个女人的气息无处不在，污染了整个屋子，使得多喜的神经无法放松下来。

多喜回到自己位于二楼的房间，将书包放在书桌上。她根据课程表替换好明天要用的教科书，把铅笔盒里的铅笔全部削好。轻松地做完数学课的家庭作业后，展开了那份摸底测验的成绩单。

去年的摸底测验，多喜两门课都是一百分，拿到了满分。回家后她给外公看成绩单，外公非常高兴。他眼眶含泪，抱着多喜，抚摩她的脑袋。

"多喜，你真了不起，你是最棒的！"

但是，外公现在已经不在了。

多喜将成绩单撕成两半，胡乱揉成一团，狠狠扔进垃圾桶里。

她的父母三年前因为交通事故而死。他们并不是多喜的亲生父母，因为无法生育，收养了在育婴院生活的多喜，并精心照料她。这是多喜的养父母亲口告诉她的，她虽然有些吃惊，但其实早就隐隐约约察觉到了。他们家的相册中，连一张多喜婴儿时期的照片都没有。不过，多喜能够感受到，养父母是发自内心地爱着她。

"尽管我们没有血缘关系，可我们真的是一家人。"

对养母的这句话，多喜深信不疑。多喜也愿意成为这个家庭的一分子。

然而，就在知道真相后的首次家庭旅行中，纪念小家庭的全新起点上，事故却不期而至。

多喜在医院苏醒后，她的养父母早已不在人世。她甚至有些愤恨，为什么要留下她一个人？为什么不把她一起带走？

正当多喜处于低谷时，养母的父亲久野贞藏对她呵护备至。在此之前，贞藏也非常疼爱多喜，将她视如亲外孙女。多喜住院时期，他每天都来探望。

多喜的伤势很快痊愈，出院后的生活问题被摆到了台面上。在医院方面的牵线搭桥下，社工参与调停，为多喜召开了家庭会议。养父的父母已经去世，其他亲戚多因家庭成员反对无法收养多喜，唯一接纳她的是贞藏。

多喜出院后，贞藏替她将曾经居住的公寓解约，更换学校，并把她接到这里同住。但是，多喜的姓没有改，还是"樫村"——考虑到她记事起就叫这个名字，况且这也是她与养父母之间最后的纽带。

贞藏一直独自生活，很擅长料理家务，家中打理得格外整齐。他教会多喜烧饭、洗衣服、打扫卫生，从头开始过上全新的生活。每次学会一样新的本事，多喜都会有种"前进一步"的感觉。在与外公一起生活的安稳日子里，慢慢地，多喜重新站了起来。

就在此时，那个女人出现了。

多喜放学回家后，外公原本会在起居室等她，那天却有个陌生女人四仰八叉地躺着看电视。她留着金色的长发，身穿亮粉色与黑色相间的条纹束腰长上衣，搭配黑色裤袜，腹部鼓得如水桶一般，贴满水晶贴片的指甲不停地挠来挠去。

女人瞥了多喜一眼，又继续看她的电视，对多喜毫无兴趣的样子。多喜感到莫名其妙，在被晾在一边许久后，多喜终于鼓足勇气问道："请问……你是谁啊？"

女人瞪着多喜，凑过身子反问道："你又是谁啊？"声音低沉而空洞。

多喜不禁后退几步答道："我跟外公一起住在这里，我叫多喜。"

"哦……你就是那个小毛孩啊，被父母遗弃的那个？"她的话语显然不怀好意，"我是在这里出生长大的，这里是我的家。"

外公从医院配药回来，看到女儿，表情立刻凝重起来："浪江……"

外公向多喜说明情况。眼前这个女人也是外公的女儿，也就是多喜养母的妹妹，多喜应该管她叫阿姨，名叫久野浪江。

至于这位阿姨在何处以什么为生，为什么忽然出现，多喜不得而知。

看起来，外公也毫无头绪。他甚至避免直视自己的亲生女儿。

"话说回来……你怎么忽然回来了？"外公试探性地问。

浪江并不正面回答，只是单方面宣布："从今天开始，我回来住。"

从那天起，多喜与外公的安稳生活就被久野浪江打破了。他们处处要看浪江的脸色行事，几乎透不过气来。

久野浪江不做饭，也不洗衣服，所有家务都由外公和多喜负责。她也不去上班，一整天都在看电视，偶尔出门，一走就是两三天。只要有什么事情不合心意，无论是多喜还是外公，她都不放在眼里，随时会破口大骂。奇怪的是，外公不知道为什么，从来不与她争论，总是一味地忍受来自女儿的谩骂，还不时拿钱给她花。

某个晚上，浪江表示只要看到贞藏就来气，随手将一个盛有啤酒的玻璃杯扔了过去，玻璃的碎片割伤了外公的额头，出血很严重。多喜终于忍不住了，挺身而出表示抗议。浪江盯着多喜，用手指指着贞藏说道："我会变成这样，都是他的错！"

外公死于去年十一月，那是一个寒冷刺骨的夜晚。

在久野家，多喜负责烧开水，浪江头一个泡澡，随后是多喜，外公贞藏最后一个洗。然而那一天，最后一个进入浴室的外公许久没出来。外公有高血压，每天都要吃药，多喜有些担心，在浴室门外叫他，依然没有动静。她感到奇怪，走进浴室张望，只见外公躺在浴缸里，水一直没到鼻头，眼睁睁开，一动也不动。

多喜尖叫起来。她想把外公从浴缸里拽出来，可孩子的力气根本不够。她连忙跑到起居室，告诉正在看电视的浪江。平时对外公呼来喝去的浪江听了，脸色铁青，跑进浴室。面对着沉在浴缸里的贞藏，浪江的眼神依旧暗淡无光。

多喜全然不顾自己全身湿透，一次又一次地想把贞藏从浴缸里拖出来，浪江始终不肯帮忙。多喜哭着叫道："快帮帮我呀！外公要死了呀！"

浪江声音低沉而生硬，只回了一句："他早就死了。"

多喜忽然浑身无力，坐在冰冷的浴室地面上。她全身剧烈地颤抖着，牙齿上下打战。

浪江慢悠悠地走出浴室。起居室传来人声。她好像在用手机跟什么人说话。多喜以为她在叫救护车。

然而，大约十五分钟后，出现在他们家的不是急救人员，而是一个陌生的男人。男人留一头黑色短发，发质看起来很硬，浅褐色的皮肤，身材精瘦。他的眼睛左右打转，一刻不停，眼睛里全无光彩。男人俯视坐在浴室地面上的多喜，撇着嘴笑道："她就是那个养女咯……"

他的声音让多喜不禁毛骨悚然。

"喂，走开点好不好，真碍事！"

"叫你走开没听见啊！"

浪江一把抓住多喜的手臂，把她拖出浴室。多喜任凭浪江摆布，独自垂头蹲在走廊上。

"都说了你在这里很碍事，给我上二楼去。"

多喜晃晃悠悠地站起来，朝楼梯走去。可她此时连上楼的力气也没有，只得暂且坐在楼梯口，双手抱着肩膀，身子还抖个不停。

"喂，给我拿毛毯来。对了，还有绳子。"

"扎行李的绳子行吗？"

"还有剪刀。"

两人一番对话后，多喜听到浴缸里的水敲打瓷砖的声音。他们把外公从浴缸里抬了出来。

多喜闭上眼睛，用双手捂着耳朵。她完全不想知道此时此刻这个家里正在发生什么，如果这是个噩梦，她多么希望梦赶快醒来。

多喜捂住耳朵的手被用力拉开了，出于本能，她诧异地抬起头，只见浪江把脸凑了过来，警告道："听好了，外公死掉的事，绝对不能跟任何人说！"

"为什么……"

多喜感到整个世界正在剧烈摇晃，眼前忽然一片漆黑。有一道光闪过，同时左边脸颊开始辣辣地发烫。她这才意识到自己被浪江打了一下——生下来头一回挨打。

"你还敢顶嘴！我怎么说，你就怎么做！明白了没有？"

没等多喜回答，又是一下。

"我问你明白了没有！"

多喜点点头。她什么都不敢想，只顾点头。

男人从浴室里出来。

毛毯上扎着一圈一圈的绳子，男人用双手抱着往外拖。从毛毯的一头可以看到一双脚，湿漉漉地往下滴水，把走廊弄湿了。

"把房门打开，别开灯。"

浪江推开玄关处的移门。

抱着外公遗体的男人走到多喜身旁时停了一下，外公的双脚如蜡像一般，裸露在多喜眼前。多喜尽全力压抑心中的悲伤。

"这孩子你就放心吧，包在我身上，绝对让她服服帖帖。"浪江说道。

男人用他那毫无光彩的眼珠子望着多喜，低声威胁道：
"你敢说出去我就杀了你！"

只见他将遗体抱出房门，朝院子里走去。浪江紧随
其后。

多喜听到开关车门的声音。

"全靠你了。"

"欠我个人情哦！"

随后是引擎的声音。一辆面包车倒着驶出院子，一直倒
到大路上，这才点亮车前灯，绝尘而去。浪江目送面包车远
去后，回到屋里。她沉默不语，关上移门，上好锁，回身望
着多喜。

从那一晚开始，多喜再也说不出话来了。

7

"岛本，你来一下……"

与小夜班的员工交接完，温子正在保育员休息室写养育日志，野木副院长忽然来找她，声音很是急切："院长有事找你。"

"欸！"同样在写养育日志的寺尾早月吃了一惊。

主任村田公子和有十四年保育员资历的山内友惠也对看了一眼。

"奇怪，找我有什么事？"温子故意用漫不经心的口吻说道，一面合上养育日志，站起身。

"好像是关于多喜的事，"在走廊上，前往院长办公室的途中，野木副院长悄声说，"儿童咨询处那边有消息了。"

温子不禁停下脚步："有多喜的消息了吗？"

"你小声点，具体我也不清楚……不过院长好像很生气。"

"为什么？"

野木副院长耸耸肩说："谁知道……你自己问他吧。"

双叶之家的运营主体是社会福利法人松叶会，经营范围相当广泛，还设有养老院、医院和诊所等。现任院长三浦泉美就任不足一年，现年五十三岁。名字有些女性化，实际却是一个有酒糟鼻、患三高的中年大叔。野木副院长不爱在办公室待着，经常出来与婴儿们一起玩，或是为保育员们打下手，与之形成鲜明对照的是，三浦院长整日窝在办公室里，有时甚至一整天都看不到他。按照主任村田公子的说法，空降双叶之家担任院长并非三浦的本意，他满肚子不乐意呢。的确，每次开会，负责把控会议流程的总是野木副院长，三浦院长永远坐在那儿一声不吭。温子敲了敲院长办公室的门，推门入内，三浦院长又是一脸不乐意的表情。

"儿童咨询处的近藤，你认识的吧？"

"认识……"

"你让他调查九年前从这里离开的孩子？想知道现在的地址？"

温子探出身子问道："有消息了吗？知道多喜的住址了？"

三浦院长露出极其不悦的神色，一个字一个字重重地说道："我，怎，么，不，知，道，有，这，么，一，回，事，呢！"

"哦，实在对不起。"

"我说你啊，你哪里来的权限，直接去找儿童咨询处沟通？你知道为什么我要坐在这间办公室里吗？嗯？这里我说了算，一切对外活动都要通过我，明白了吗？一个组织是要讲秩序和规矩的。"

"话说回来，请问，多喜现在还好吗？"

"你到底知不知道事情的严重性啊！"三浦院长的脸颊不住地颤动着。

"我知道。我当然知道。多喜到底怎么样？"

三浦院长叹了口气，转过脸说道："我这辈子，也算尽职尽责了，干了三十年啊，三十年！可是现在，为什么我非得受到这样的对待？"

温子听不懂他在说什么，不接茬。时间在一分一秒地流逝。

"您能告诉我多喜的情况吗？"

三浦院长狠狠瞥了温子一眼。

"是我有什么地方得罪您了吗？"温子诧异地后退一步，战战兢兢地问。

三浦院长放弃了似的，肩膀耷拉下来，用事不关己的口吻说道："住址查到了。"

"是不是户口迁走了？"

"嗯……好像是这么说过。"

如此说来，至少多喜没有因为那起事故而死。

"太好了！"温子悬在心头的大石头可算落了地，"要是她不在了，我可要难过死了……"

三浦院长的眼睛里燃烧着熊熊怒火。

温子做了个双手合十的手势，柔声赔不是道："实在对不起……"

"今后，绝对不允许类似的问题再次发生，否则就等着受严重警告处分吧。"

"请问……"

"还有什么事？"

"多喜现在，人在哪里呢……"

"你问这个干吗？"

"……"

"既然有亲戚收养她了，还有什么好担心的呢？总而言之，这件事情到此为止。请你把注意力优先放在目前院内的孩子身上，切忌出错，千万不要发生什么事故。"

温子正色道："我从来没有怠慢过育婴院的工作。"

"这不是应该的吗！要我说啊，你根本没有把我的话听进去，脑筋还在别的地方呢……"

大约二十分钟后，温子终于从院长喋喋不休的批评声中解放出来。压力导致头痛发作，温子去办公室找药片，看到野木副院长还在加班。

"怎么样？"

"听说多喜被亲戚收养了。"

野木副院长露出宽慰的笑容，说："她还活着，真是太好了。"

"是啊……"

"这下你放心了吗？"

"嗯……总算好过一些了。"

"可是你脸上写着要去看她哦。"

"院长不肯把多喜的地址告诉我。"

"哎呀，这可糟糕了……"野木副院长苦笑道。

"没办法了，"温子耸耸肩，"那我先出去了。"

"辛苦了。"

温子离开办公室，走廊尽头传来孩子们的声音。他们正在游戏室里尽情玩耍。那些不知疲倦的孩子。

回到保育员休息室，山内友惠已经下班回家，寺尾早月和村田公子还在喝茶。

"那个大叔怎么说？"

关于多喜的下落，温子简单复述了一遍。

"真的吗！"村田公子露出兴奋之色。多喜的种种遭遇，温子曾跟她提过。

"多喜就是那个……走的时候，岛本姐哭天喊地的孩子？"

"哎哟，你也知道啊。"

"前阵子，岛本姐告诉我的。"

村田公子意味深长地望向温子。

温子对她笑了笑。

"可是，岛本姐，你为什么突然要找那孩子呢？"

"说来话长……"村田公子替温子大致介绍了相关情况。

"太好了，知道她还活着，真是太好了！"寺尾早月的脸上写满惊喜。

"我被院长批评了，说我擅自找儿童咨询处。还说碰到这种情况，必须通过他，这里他说了算。"

"他有病啊！"村田公子愤愤道，"凡事都要走程序的话，能做几件事啊？我们在社会福利行业积累的人脉关系，难道不应该充分运用吗？他那个人，对一线工作一窍不通。要是通过他，能办成的事情，恐怕都要黄掉了。"

"主任，你可真敢讲啊。"寺尾早月拍手笑道，"岛本姐，你会去和多喜见面吗？"

"怎么可能。"

"为啥？"

"就算见了面，我要怎么自我介绍啊？"

"就说你是育婴院带过她的保育员啊。"

"可是，万一她并不知道自己是养女呢？"

"哦，对哦……"

"只要知道她安然无恙，就够了。"

话虽如此，温子心中的不安却并未完全消散。

接替去世的那对夫妇收养多喜的亲戚一家，究竟能不能全心全意地接纳这个没有血缘关系的女孩呢？寄人篱下与真正成为家庭的一员可是大相径庭。有些家庭对亲生子女多少会偏心，这还算好。最糟糕的情况，养子女会遭到虐待。类似的案例屡见不鲜。

温子回到公寓，多喜的事情依然萦绕脑海。在得知她安然无恙后，温子开始担心，不知道她过得好不好，会不会遭到虐待。她也明白，这种担忧于事无补，可这一页就是翻不过去。

在温子看来，在她负责过的众多孩子中，多喜是非常特别的存在。是多喜这孩子教会了温子保育员这份工作的乐趣和重要性，以及感情的真谛。

多喜也曾被温子带来这屋子小住过。由于是头一回，带多喜来之前，温子彻底排查了所有潜在的危险，把房间收拾得整整齐齐、干干净净。那种紧张的心情，简直就像初次招待恋人登门拜访。

（那时候我们好快乐啊……）

温子站在墙边，望着房间出神，深埋在心底的那些关于多喜的回忆又鲜活地跃现在眼前。

（多喜……）

被任命为你的保姆后，我一度被巨大的责任感压得喘不过气。你是我成为保育员后，第一次负责养育的孩子。这个孩子的人生，跟我会有莫大的关联。如今回望，当时的我确实给了自己太大的压力。但彼时，我的确发自内心地这么认为。我至今仍记得第一次抱你的时候的那份惊讶，这么小的婴儿，为什么抱在怀里会感觉沉甸甸的呢？那一定是所谓的生命的重量吧！

刚出生不久的你，总是不愿意笑。眼睛看到的，耳朵听到的，你对一切都充满好奇。看到你努力吸取养分的样子，我由衷地感到欢喜。

那一天的情形我永远不会忘记。你紧紧盯着我的脸，第一次对我笑出声来。当时的我笑着流下了眼泪。

你也是个努力的好孩子呢！学会"爬行"之前，一看到喜欢的玩具，你就会拼命挥动手脚，试图把玩具拿到手里。无论花费多少时间，你从来不会轻易放弃。你每次靠近几厘米，不达目的誓不罢休。看着你满意的笑脸，我别提有多骄傲了。当时我就坚信，这孩子今后一定会非常坚强。

你学会走路的时间，比其他孩子略晚一些。不过，我从来不替你感到担心。我相信，你有你的步调，不必着急。你会用你的双脚，扎扎实实地往前走。你学会的本领，每天都在增长。

第一次牵着你的手一起散步，我当时多么希望我们能一直走下去。说实话，我甚至还暗暗许愿，要是你永远不长大该有多好。因为，随着你的成长，总有一天你要离我而去。看着你一天天长大，我既高兴又落寞。也是在那段时间，我开始意识到，分别的日子已然临近了。

从那以后的回忆，不瞒你说，开始变得苦涩起来。回想当时的情形，我的心里还是充满了悲伤。当然，你找到了属于自己的幸福，我替你高兴。但是，我完全无法想象没有你的生活会是什么样子，因为我是那么深刻地爱着你啊！

然而，所谓的爱，究竟是什么呢？当时的我还无法给出答案。

没错。直到分别的那天，我依旧毫无头绪。

那天的事，至今想来，我还是感到很不好意思。在那天到来之前，我没能调整好自己的情绪，因此才会自乱阵脚，根本无法控制自己。

但如果没有发生那样戏剧化的场景，恐怕我就无法与你彻底道别。在最后关头，我在你面前出了丑，但愿你不会因此讨厌我。

我想，现在的你，一定已经把我彻底忘了吧。但是，我一点都没有忘记你。我绝对不会忘了你。今后也不会。永远都不会。

多喜，现在的你还好吗？

温子擦了擦夺眶而出的泪水。她情绪崩溃，坐在地上哭了起来。不过与此同时，她也在用一个相对冷静客观的视角看待自己，此时此刻的泪水，有助于帮助自己宣泄郁结的情绪。

哭完以后，温子抽出纸巾，擤了擤鼻子，深深吸了几口气。迈过三十岁后，连哭泣都变得技巧十足，再也不会任由情绪横冲直撞。

"人总是这样走向成熟，真是的……"

温子自言自语，打开了手机。

宣泄完感情后，她还有一件事要做，那是光靠哭无法解决的。

"多喜，你现在还好吗？"

耳边传来嘟嘟声。

接通了。

是近藤和人。

"你为什么不给我打电话？"温子直接跳过寒暄。

"你就想问这个？"近藤诧异道，"亏我还帮你去查户口。"

"我被院长狠狠训斥了一顿。"

"啊……你没跟上级报备过吗？谁让你没有事先跟我说清楚啊。"

听筒里传来电话铃声。

"你还在上班？"

"嗯，还在忙。你找我什么事？"

"能告诉我多喜的住址吗？"

"你想干什么？"

"院长有病！太小气了，就是不肯告诉我！"温子自悔失言，"他只告诉我，多喜被亲戚收养了。"

"没错，是养母的父亲。你现在方便记录吗？"

温子从手提包中取出圆珠笔，说："好了，请讲。"

"让我瞧瞧，地址是……"

温子将地址写在纸巾盒上。

"这个地方由哪家儿童咨询处管辖呢？"

"也是我们。而且，就是我负责的。"

"那太好了！你帮我查一下多喜现在的状况吧……"

"不要得寸进尺好不好。我早就跟你说过了，我们忙得不可开交，哪有空帮你跑腿。要是有人报案，说她遭到虐待，那就不一样了。"

"帮帮忙吧！求你了！"

"要是你这么想知道，为什么不自己去一趟呢？"

"就是不行啊……"

"不行？为什么？"

"如果她不知道自己是被收养来的，怎么办呢？如果我告诉她，我是育婴院的保育员，她肯定会吓坏的。"

"谁让你说实话来着。就说是她死去的父母的朋友好了，随便找个借口呗。"

"这不是骗她吗……"

温子做不到。或者说，她不愿这么做。更准确地讲，她没有在那孩子面前瞒天过海的信心。

"为什么一定要跟她说话呢？远远看看不行吗？我觉得完全没问题啊。"

8

久野浪江望着ATM机屏幕上显示出的存款余额，心中的大石头落了地。这个月的款项汇过来了。她把所有钱提取出来，塞进黄色的钱包。机器吐出以久野贞藏的名义办的银行存折，她迅速将其塞进手提包，若无其事地离开了ATM机。

这里是优而茂购物中心。

工作日的白天，客人不算多。浪江在女装、手提包卖场逛了一圈后，走进一楼的甜甜圈餐厅。

她从陈列柜里挑选了五只甜甜圈，还点了一个大杯可乐。在面向窗户的座位坐下后，她一口气将可乐喝掉一半，随后开始吃甜甜圈。

厚厚的玻璃外面，是一派五月的晴朗天气。宽敞的停车场里停着五颜六色的车辆。

两个女人从一辆红色掀背式汽车上下来，一个身穿白色罩衫配藏青背心，另一个穿裙装。有说有笑的样子在浪江看来傻乎乎的，你们以为自己很漂亮吗？还不是满脑子性和钱？

忽然传来摩托车的轰鸣声，谁知一辆玩具般的电瓶车停进了紧临餐厅的停车场。戴着全包围头盔的是一个皮肤白皙、胖胖的年轻男子，看上去刚刚中学毕业，脸上还带有某种青涩的神情。牛仔裤配牛仔外套看起来土里土气。工作日的白天跑来购物中心，多半估计没有正经工作。这世界没有你容身的地方。真是可怜。

一个年轻女孩站在浪江面前。她站在玻璃另一侧的人行道上，怀里抱着个小孩，正冲着孩子说话。她的笑容似乎在昭告天下，此刻的她多么幸福，令浪江打心眼里感到厌倦。像你这样的女人，最好统统下十八层地狱。

久野家世世代代都是地主，浪江小时候生活富裕。父亲开着宽敞的外国车，母亲对宠物牧羊犬特别溺爱。家里摆着上档次的钢琴，浪江还学过一阵子。她和姐姐英代不一样，怎么都学不好，很快便放弃了。

他们一家人总是穿着颇为精致的西式服装，一到周末，还会一起去百货商店吃好吃的。自打浪江记事起，这种生活就是理所当然的，她并没有那种受到上天眷顾的感觉。

浪江中学一年级的那个夏天，父亲贞藏因为被爆出桃色新闻，手上的土地无奈拱手让人，只剩下居住的祖屋。

当时的浪江并不清楚事情的原委，一段时间之后，她才意识到事情的严重性。

首先，每天晚上，父母都会爆发争吵。母亲用恶毒的语言咒骂父亲，父亲忍无可忍，情绪激动地展开对骂，最后总是以父亲诉诸暴力以及母亲痛哭流涕告终。浪江两姐妹只能躲在被窝里，把耳朵牢牢塞住。外国车、牧羊犬、钢琴，慢慢都从家里消失了。父母也不再给她买新衣服了。百货商店也不去了。好吃的东西再也吃不到了。再后来，整个家里弥漫着沉闷的气息。最后，就连左邻右舍看待他们的眼神都变得冷冰冰的。

"这是为什么呀？"某一天，浪江问母亲。

母亲脱口而出："还不是因为穷嘛！"

"为什么我们会变穷啊？"

"都怪你爸爸！"

那天晚上，父母又大吵一架，父亲对母亲动了手。不同的是，父亲取出了棒球杆作势要打。父亲是棒球迷，甚至在老家组建过棒球队，因此家中摆着一整套棒球用具。浪江不知道为什么那天晚上父亲会取出棒球杆，但她很清楚，如果用棒球杆殴打母亲，母亲可是会死的。姐姐英代哭着恳求父亲住手，却被父亲的怒吼震慑住，躲到房间角落去了。

母亲失魂落魄，只顾抱着头，不住颤抖。

关键时刻，在父亲挥舞起棒球杆后，只有浪江一个人挡在了母亲身前。

"浪江，你让开！"

"我不让！"浪江伸出双手，试图保护母亲。

"你也瞧不起我是吗？给我闪开！"

"我就不让！"

浪江毅然决然的态度令父亲弱化下来。她接下来的一句话更是打中了要害。

"我不要这样的爸爸！你快去死吧！"

父亲挥起的手臂软了下来，棒球杆从他手中滑落，掉在地上。父亲不发一语，脸色铁青地回房去了。

后来，父母不再争吵，取而代之的，是家里从早到晚铁铅一般密不透风的沉默。姐姐英代努力表现出积极正面的态度，尝试活跃气氛，想让四分五裂的家破镜重圆。在浪江眼中，姐姐的做法未免自欺欺人，她看不上。

浪江下定决心，要独自从这一潭死水中脱离出去。她再也受不了为钱所苦、捉襟见肘的日子。

中学毕业后，浪江立刻离家出走，前往东京。在她心目中，似乎只要去东京，一切愿望就都能够实现。

浪江开始她的公寓生活。起初她在快餐店和便利店打工，工作辛苦，时薪也低，加上上司不好相处，很快就不干了。她发现陪酒很赚钱，于是在年龄上做了手脚，开始去夜总会上班，不善于拍客人马屁的浪江并不受追捧，赚得也没有想象中那么多。

在东京，没有钱是足以致命的。没有钱寸步难行，没有人会把你当人看。所有人眼里只有钱！钱！钱！因此浪江渴望发财。

在浪江看来，这个世界上的东西只有两种，能赚钱的与不能赚钱的。能赚钱的就是善，不能赚钱的就是恶。所以，卖身、欺骗男人也好，偷窃也罢，只要能赚到钱，什么都是天经地义的。

十九岁的那年春天，浪江敲响了色情场所的大门，她仅剩的武器，就是能够立刻变现的、身为女人的部分。

如她所愿，钱如流水般朝她涌来。起初她甚至感到惊诧。她重新找回了富裕的生活。她觉得自己赢了，即便不知道赢了谁，反正是赢了。在得知姐姐与兢兢业业的公司职员结婚后，她看不起他们。穷人嫁给穷人，图什么？

姐姐结婚后不久，母亲因病去世，是脑出血。

父亲联系到浪江，她在电话里只说了一句："这都是你的错！"连葬礼她都没参加。

浪江一门心思挣钱，同时，往外花钱时眼睛都不眨一下。她觉得人应该及时行乐，否则简直太亏了。

也许是不健康的生活习惯带来的反噬作用，一过二十五岁，浪江的皮肤状况频频，脸上长满了色斑，身材体态也发生了决定性的崩盘。况且，她又不是那种懂得依靠话术和体贴笼络人心的类型，一旦失去年轻这唯一的本钱，很快在色情行业就赚不到钱了。

尽管如此，浪江却不愿意降低自己的生活水准。如果要过以前那种苦日子，她宁可去死。她先是转去一些客人素质较低的店，最后竟直接在路上拉客。三十五岁以后，连这些招数也不灵了。存款见底后，眼看就要露宿街头，浪江得知了姐姐与姐夫因交通事故死亡的消息，而他们留下的孩子正与父亲共同生活。她知道姐姐与姐夫无法生育，收养了一个孩子，但从来没有见过面。

此时，浪江心中萌生出一种被辜负的感觉。一直以来，她在东京的生活就好像是某种自我放逐，在内心深处，她其实始终期待父亲会对她感到愧疚，盼望有朝一日，父亲会来东京找她，在她面前跪下来求她原谅，承认让她受苦了，流着眼泪忏悔，并承诺弥补所有的过错，和她重新生活在一起。

然而，父亲却抛下她这个亲生女儿不管，把别人家的孩子，毫无血缘关系的孩子，接到家里来。甚至不跟她商量一下，对她不闻不问，不理不睬……

（谁让你们就这么死了……）

杯底发出簌簌声，浪江打了个嗝，鼻腔充满可乐的味道，一股碳酸冲上来。

浪江走出甜甜圈餐厅。

她的手机响了。

是那个男人。

三十分钟后。

浪江坐上面包车的副驾驶。

"我跟你说,真是累死我了。"驾驶座上的男人故意叹苦经道。

这话他是第几次说了?浪江听得都烦了。但是,她知道自己绝对不能得罪他。

"我知道,这次多亏你帮忙。"

"你知道就好。"

"对了,不会被发现吧?那一带,好像经常下雨什么的。"

"没事的,相信我。"

"你埋在哪里了?"

"就是山里面嘛!"

"靠近哪里?"

"你想知道?"男人瞥了她一眼。

"还是算了……"

左边的车道,一辆小轿车插到他们前面。男人立刻愤怒地按了一下喇叭。

"对了,今天找我有事啊?"

"差不多,也该让你还我个人情了。"

"好啊,大不了肉偿。"

男人哄笑道:"谁稀罕你啊。"

"钱我可没有。老爷子的养老金没几个钱，我这儿还有个拖油瓶呢……不过，我这么对她，过不了多久，估计她就会离家出走吧。"

"也就是说，她还在你手里。"

"……"

"你说的拖油瓶，就是那个小姑娘吧。那天浴室里那个，养女什么的。"

"对啊……那小姑娘怎么了？"

"挺可爱的。"

"你有这方面的癖好啊？"

"别胡说。我是想用她挣钱。"

"把她卖给那些喜欢小姑娘的色坏？"

"那是最后的手段。在这之前，还可以好好赚上一笔。你可不要把她弄坏了。"

男人闪烁其词，浪江听得颇感烦躁。

男人用鄙夷的眼光望着她。"用点脑子，现在凡事都讲这个。"说着，他用手指了指太阳穴，不怀好意地笑着。

9

"终于还是来了……"

脏兮兮的石门柱上，挂着姓氏标牌，上书"久野"二字。院子四周的石头围墙部分坍塌，看上去颇有倒下的危险。通往玄关的道路用几块石头作为点缀，因年深日久，盖了厚厚一层土，早已失去了应有的风雅和美感。上下两层的木结构建筑，上面盖着歇山式的屋顶，看起来很是气派，房子颇有年头，但明显缺乏维护和保养。院子很宽敞，种着松树，杂草丛生，空气感觉不够流通，夏天蚊子肯定很多。

根据资料显示，多喜与养母的父亲久野贞藏共同居住在这里。这是儿童咨询处的近藤和人帮温子打听到的。

屋子里传出电视的声音。现在是下午两点三十五分，正值周六，多喜很可能在家。也就是说，此时此刻，那孩子很有可能就在数十米开外的地方。

（好了……）

接下来该怎么做呢？温子很想跟多喜见上一面，可见到了，又不方便暴露自己的身份。同时，她又不想欺骗多喜。

温子不禁扪心自问，我来到这里，究竟图什么呢？又是为什么想要见多喜一面呢？

最大的目的，当然是亲眼看一看多喜过得好不好。只要她能从养父母的不幸事故中走出来，并且没有受到虐待之类的，温子也就放心了。

（但是，仅仅如此吗？或许不尽然……）

也许，温子希望能够通过多喜的幸福生活，给双叶之家的那两年一个说法，是她为多喜打好了基础。她希望得到某种确切的证据，证明自己作为保姆所倾注的所有感情绝对不是毫无意义的。只要能找到印证，那么最近萦绕在心头的那一丝空虚，一定会随风而逝。从明天开始，她又能毫无疑虑地全身心投入保姆的角色。

然而，回到最现实的问题，温子不太有信心，不确定时隔多年后还能否一眼辨认出多喜。毕竟，最后一次见到多喜时，她才两岁。十一岁的她，想必已经大不一样了，温子又不方便上前询问……

（到底该怎么办呢……）

温子这才发现，她又在钻牛角尖了。在大门口站着也没用，温子暂时离开久野家的石门柱，回到车上。附近都是颇有年头的民居，道路狭窄，开车四处转悠很容易发生事故，温子把车停在了路面较宽的马路旁。

走了大约两百米，在一个消防水池的标志下，温子看到如微笑着的幼犬的汽车前脸，那是她的马自达 2。她打开车门，整个人靠在驾驶座上，闭起眼睛。

（唉……怎么办呢……）

像刑侦剧常有的桥段那样，蹲守在车里，直到多喜出现，这么做未免有点夸张。况且，很难保证不会被周围人发现，要是传出什么话来就更不妙了。同样，向周围人打听也不合适。可是就这么打道回府，温子心有不甘。

（哎呀，到底……）

耳边传来敲击车窗的声音。

温子睁开眼睛，身穿制服的警官骑在自行车上，隔着窗玻璃说道："我是派出所的民警，您有什么事吗？"

"哦，没有，没什么事……"

"不好意思。您能出来一下吗？"

突然看到一辆陌生的车子停在这里，感到奇怪也无可厚非。温子只好打开车门。

民警将自行车停在马自达2前面，阻挡了温子的去路，但脸上依然满面含笑。"能看一下您的驾照吗？"

温子老老实实地拿出驾照，虽然没做亏心事，却难免有些紧张。

"请问您停在这里做什么？"

若是实话实说，恐怕会把事情复杂化。温子急中生智，努力想了个无关痛痒的借口。

"我想抄近道，没想到迷路了……正不知道该怎么办才好。"

不知道怎么办才好并非虚言。

"这一带路很窄，但四通八达，您要去哪儿呢？"

"那个……就是一个购物中心。"

温子想起在来的路上看见过的商店。

"是优而茂购物中心吧？"

"哦，对，就是那儿！"

"您这条路直走，进入国道后，往左转就能看到广告牌了。"

"谢谢,你太热心了。"

民警把驾照还给温子。

"这条路不允许停车,您能立刻开走吗?"

"是吗,不好意思,我不知道……"

"特别是消防水池附近,如果停车的话,特殊情况下会影响消防车使用的。"

"哦,我明白了,实在不好意思,我这就开走。"

"感谢配合,您路上小心。"

民警随手敬了个礼,骑上自行车。温子冲着他远去的背影悄悄还了个礼,钻进驾驶座,她不禁自言自语道:"哇!居然被盘问了!"

这是有生以来头一遭。温子心想,这段经历恐怕会成为保育员休息室不错的谈资。

温子发动引擎。今天只好作罢,下个休息日再来吧。下一次,要先找好停车场才行。

马自达2向前驶去,再往前开,就是多喜住的地方。

久野家的松树映入眼帘。就在这时,一辆自行车从前方的石门柱之间蹿了出来。

温子下意识地踩下刹车。

自行车上的是个女孩子，丝毫没有留意到温子的存在，骑着自行车离开狭窄的街道。

温子望着她的背影，紧紧握住手中的方向盘。

"多喜……"

虽然只是一晃而过，没能看清她的脸庞，但温子肯定那就是多喜。并不是像不像的问题，而是眼前的这个存在，除了多喜还能是谁？这是温子倾注了两年感情后，内心获得的某种直觉。

然而令人无法忽略的，是笼罩在多喜身上的那层昏暗的阴影。她气色不太好，身体也很消瘦。发丝乱蓬蓬的，毫无光泽可言。蓝色的拉链外套看上去也脏兮兮的。

（多喜，你现在还好吗？）

温子缓缓发动马自达 2，隔开一段距离，跟在多喜后头。为什么要跟踪多喜，温子也说不上来。但是，就这么放她走，恐怕以后就再也见不到她了。

多喜骑着自行车，进入国道后左转，沿着国道旁的人行道向前驶去。

温子驶入国道后左转，尾随多喜。由于国道上车流量较大，温子被后头的小轿车催着，无法随意减速，不一会儿，就超到多喜的自行车前头去了。

（哎呀……这可怎么办……）

正当温子无计可施时，左前方出现一块巨大的广告牌，提示购物中心的入口位置。

优而茂购物中心。

温子随即左转，放慢速度。后头的黑色小轿车插入对向车道，超过了温子，疾驶而去。温子将马自达2停在购物中心的停车场。

还来得及。

温子下车，赶到国道上。

她差一点喊出了声。

多喜的自行车刚巧在人行道上迎面而来，不过二十米开外。温子心想，多喜一定已经看到我了，急忙躲闪，只会更扎眼。

温子故作镇定，朝着多喜的方向走去。

两人之间的距离不断缩短。

十米。

五米。

那张脸。

不会有错的。

（可为什么……）

为什么她的表情如此阴沉呢？

擦肩而过时，多喜看都没看温子一眼。她心事重重，只顾往前骑。

温子转过身。

多喜的自行车驶入了优而茂购物中心。

温子连忙追过去。

多喜。

只见多喜把自行车停好，弓着背，低着头，横穿过甜甜圈餐厅门口，走进商场。

温子跟着多喜，快步进入店内。

也许是周末的关系，购物的顾客真不少，全家出动的特别多。入口处天花板上的扩音喇叭循环播放着广告乐曲，用明快的声音反复呼喊"优而茂购物中心"这个名字。

多喜不见了。温子开始在店内找寻她的踪迹。许多父母带着孩子聚集在举办活动的广场上，摆放着的展示板上贴满了肖像画。温子意识到，明天便是母亲节了。首饰店门口，写有"母亲节特惠"字样的广告牌分外醒目。鞋履箱包卖场。手工面包店。看不到多喜的身影。自动扶梯。是上二楼了吗？

温子来到二楼，正对扶梯的是文具卖场，陈列着许多女孩子会喜欢的饰品和小杂货。会在这里吗？温子找了找，也没有发现多喜。玩具、女装、电玩游艺区……甚至连厕所都找过了，还是一无所获。

果然还是在一楼。

温子乘坐扶梯下楼，一边向下扫视。一长列收银台后头，是一排又一排的货架，生鲜食品、干货、速食食品、调味品、宠物食品、家庭清洁剂、牙膏、洗发水、化妆品……

（……！）

温子看到了那件脏兮兮的蓝色外套。

一眨眼的工夫。

温子走下扶梯，连忙拨开人群，快步赶去。

在化妆品专区跟前。

终于找到了。

蓝色的外套。

消瘦的背影。

多喜。

只见她呆呆地站在那里，望着眼前的商品，一动不动。那个货架上陈列的是成年人用的高级产品，跟身为小学生的多喜并不搭界。

温子掩在旁边的货架后，仔细观察。

（你在做什么呢……）

向往这种成年人用的化妆品吗？还是帮家里人跑腿买东西呢？

多喜默默伸出手，将一个红色的包装盒握在手里。尽管隔着一段距离，温子还是能够看出她的手颤抖着。她频繁地左右张望，观察周围的动静。她的一举一动都小心翼翼，明显不太正常。

温子意识到事情的严重性。

（不会吧……）

她不想看到这一幕。

多希望这不是真的。

（那孩子为什么要这么做……）

多喜回过头。

温子下意识地望向别处，躲在货架背后。

（多喜……你……）

温子几乎当场落下泪来。

我究竟应该怎么做？

怎么做才好……

怎么做才好……

✳

每天晚上，一个人在被窝里的时候，多喜总是禁不住幻想。

收养她的那对夫妻虽然不幸去世了，但她的亲生父母一定尚在人间，有朝一日他们会不会来接她呢？也许此时此刻，他们正从很远的地方赶来。也许再过几秒，他们就会按下家门口的门铃。

想到这里，总会响起一个声音。

"白痴！怎么可能！"

是浪江的声音。

"你刚生下来不久，你的亲生父母就把你给丢掉了。他们早就把你忘了，怎么可能还会来接你！百分之一千不可能的！"

多喜感觉到一道目光。

在这个人头攒动的购物中心里，几乎没有人注意她。

多喜将视线重新投向自己的手掌。

她的手里有一件小小的、红色包装的化妆品。

她在颤抖。

什么都不用想，就像上次那样，把它塞进口袋就行了。快！趁现在！

（可是……）

这是第二次了。

多喜觉得，如果再这么做，恐怕会酿成无法挽回的后果。她并不害怕被警察逮住，只是不希望自己就这样堕落下去。她很害怕，如果就这样变成坏人，亲生父母来接她的时候，她要以怎样的面目出现呢？这只会让亲生父母难过，他们又怎么会要这样的坏孩子呢？

"你还在想这些没用的东西！"

又是浪江的声音。

嘲笑多喜的声音。

"你从一开始就没人要，说几遍你才能听明白？嗯？"

泪水涌上来。

多喜无法反驳。浪江说得没错。在这个世界上，根本没有人会为我而来。我知道的，心里一清二楚，可是……

"那么卖力地做个好孩子，又能怎么样呢？谁都不会为你高兴。就像无论你变得多么坏，也没有人会为你伤心。不管你是好是坏,这个世界上没人关心,没人知道。可不就是吗?你是被亲生父母抛弃的小孩,你什么都不是……你什么都不是……你什么都不是……"

浪江的声音,不知从什么时候起,变成了多喜自己的声音。多喜在心中默念着,我什么都不是……什么都不是……什么都不是……

(变成什么样都无所谓了……)

多喜闭上眼睛。

握着手里的小盒子。

往口袋里一塞。

就在这时。

她的手腕被人牢牢拽住。

多喜吓了一跳,回头看去。

一个女人站在那里。

用悲伤的眼神看着她。

女人静静地说:"不许这样,多喜,这么做不对。"

多喜整个人瘫了下来。

*

温子从自动售货机里买了两盒利乐包橙汁,快步走向停车场。看到马自达 2 后，她的步子才放缓下来。多喜还坐在副驾驶座位上等她。

温子打开车门，钻入驾驶座，递了一盒果汁给多喜。

"我请你喝果汁，不用跟我客气。"

多喜接过来，将果汁放在腿上，紧紧握着，并没有打开来喝。

温子自顾自地插入吸管，喝下一半。松开嘴巴时，吸管内空气逆流，响起古怪的声音。温子笑着看了看多喜，多喜的表情一如既往，丝毫不为所动。

"我吓到你了吧？"

"……"

"你一定觉得很奇怪吧，为什么我会知道你的名字……"

多喜始终不发一语。温子只好继续说下去。

"我听你父母说起过你的名字。"

多喜抬起头。

"哦，对了，我还没自我介绍呢。我的名字叫岛本温子。我是你父母的老朋友……你小的时候，我还抱过你。不过你肯定忘了。"

多喜垂下眼睛。

"直到最近，我才知道你的父母因为事故去世了。我特别吃惊，托人找到你现在住的地方。今天我想上门拜访，刚巧看到你从家里出来……我看你表情很奇怪，又没办法跟你打招呼，有点担心，于是就跟着你一路过来……对不起啊，我不是坏人。"

多喜垂着头，眨了几下眼睛，似乎正在努力消化温子所说的话。

"现在，你小学五年级了吧？"

没有反应。

温子认为这是一个肯定的答复。

她努力让自己不要采取说教的口吻："五年级了，你一定知道，偷东西是不对的吧。"

多喜轻轻点头。

"那是为什么呢？你想要那个化妆品吗？"

这次是摇头。

"那么，为什么呢？"

多喜的脸颊红了起来。

温子看得出来，这孩子心中，一定发生着剧烈的情绪波动。

"既然你知道这么做不对，那么一定有你的原因吧。可以的话，能跟我说说看吗？或许我能够帮你。"

多喜不作声。

"现在，你和外公住在一起对吧？"

多喜的肩膀上下颤动。

"不是吗？"

多喜全身绷得紧紧的。

她在害怕。

害怕谁？

"你害怕外公？"

她摇摇头。

摇了又摇。

"这可怎么办呢……你不愿意跟我说话啊……不过，也不怪你。"

多喜将手中的果汁小心翼翼地放在轿车中控台的上方。

"你不喝吗？拿回去喝吧，没关系。"

她又摇摇头。

"好吧……"

多喜微微低下头，把手放在车门拉手处。

"多喜，你听我说……"

她转过身子，抬头望着温子。

"我们立一个约定好吗？以后，不要再做那样的事情了。"

多喜眼神游移，并不点头。

温子用充满祝愿的心情，继续说道："我相信，你不是那种会偷东西的孩子。我猜想，你一定有必须这么做的原因。我愿意帮助你，将这个原因消除掉。"

"……"

"但是今天，我不会再问下去。如果下次你还愿意见我，我会很高兴的……"

她还是默不作声。

"对了……你等我一下。"

温子从手提包里取出便条纸，在白纸上写下自己的手机号码，撕下来递给多喜。

"如果遇到自己没办法解决的问题，随时都可以给我打电话。就算我在上班不能接电话，只要你给我留言，我一定会来找你的。"

多喜接过写有电话号码的便条纸，脸上露出怀疑的神色。

"第一次见面，我这么说你可能觉得很奇怪吧……希望你能够相信我。"

温子握着多喜的手说："我是站在你这一边的。"

多喜的视线移向别处。

温子松开手道："你回去吧。"

多喜一副不知如何是好的样子，打开车门，下了车。

"回家路上要小心哦。"

关上车门，多喜头也不回地往停车场跑去。温子望着她的背影，不确定自己的话她能否听进去。

经过甜甜圈餐厅门口时，多喜被玻璃返照出的样子吓了一跳，她连忙停下脚步。

多喜回过头。

帮帮我。

"啊？你说什么……"

温子打开车门，从马自达2上下来。

谁知，多喜转身跑进停车场，骑上自行车，用最快的速度离开了购物中心。

✳

回到房间后，多喜脱下外套，靠在墙边坐下，双手抱着膝盖，把脸深深地埋进去。

她有很多事情要好好想一想，却不知从何想起。她不愿意去想。关于现在的她，以及未来可能发生的种种。如果不仅仅是声音，干脆连眼睛和耳朵都失去了，反倒不用那么辛苦。什么都不用看，什么都不用听，只需要封闭在自己的世界里就行了。不过，她仍旧有可能会遭到那个女人的毒打，会觉得疼，会感到痛苦。那么，也许什么感觉都没有才是最好的解决办法。什么都感觉不到。什么都不去想。

也就是说，只有一个办法……

（死……）

多喜感到害怕，把脸从膝盖之间抬起来。她的意识恢复过来，吸了一口气，在氧气的作用下，她的大脑重新运转起来。然而，那种坠入幽暗深渊的惶恐仍然笼罩着她。她伸出手，试图抓住什么，可深渊里什么都没有。空空荡荡……

"希望你能够相信我。"

多喜挤出最后一丁点希望，从外套口袋里掏出那张被揉成一团的便条纸，仔细地将其展开，上面是一串手写的数字，十一位的电话号码。

"我是站在你这一边的。"

是真的吗？

那个女人据说是父母的老朋友，还曾经抱过婴儿时期的自己。多喜察觉到些许异样，她被养父母收养的时候已经两岁了，翻看当时的照片，她已经会自己走路了，根本不是需要人抱的小婴儿。

她在说谎吗？

她想骗我吗？

她也是坏人吗？

（多喜不愿意这么想……）

如果她没说假话，如果她真的抱过婴儿时候的我，也许她才是……她会是……

（我的……真正的……妈妈？）

多喜感到一束光突然射下来。

没错，她一定是我的亲生母亲，所以她才制止我，不让我偷东西，教育我，不要做坏孩子。

"可如果真的是这样，为什么她不认你呢？她为什么不把话说清楚，用力把你抱在怀里呢？"

多喜努力思考所有可能性。

难道她感到愧疚？因为那么小就把我交到别人手里，她自认不是一个称职的母亲，无法直接跟我相认。

"可是说到底，时至今日，亲生母亲怎么可能来找你？

生下来不久就把你抛弃了，这就说明，她根本不打算要你这个孩子。你别做白日梦了，怎么可能会有这种好事！根本不会有人来帮你，白痴！"

不会的。

她一定是我妈妈。

我真正的妈妈。

多喜紧紧抓着这个答案不放。除此以外，她无法依靠任何别的东西度过接下来的一天。

楼下传来房门被打开的声音。

多喜将便条纸握在手里，塞回口袋。

"多喜，快下来！"

多喜闭上眼睛，任由愤怒的声音在耳边回荡。

"多喜！在吗！"

楼梯上响起重重的脚步声。

脚步声靠近了。

在她身前停了下来。

"你这不是在吗！"

多喜睁开眼睛。

是久野浪江。

浪江在多喜面前俯下身子，右手高高抬起。

"快拿出来！今天总算搞定了吧？嗯？"

多喜摇摇头。

抬起的右手翻过去，朝多喜的脸颊扫过来。耳朵嗡嗡作响。

"喂！你看着我！"

多喜的下巴被揪了起来。

"今天你什么都没偷吗？"

多喜含着眼泪点头。

脸上又挨了一下。

同样的地方。

鼻子的最深处泛着血液的气味。

"怎么回事啊你？为什么不照我说的去做！"

多喜的手插在口袋里，手中握着便条纸，仿佛这样能给她带来力量。

"你在藏什么……拿出来！"

多喜弓起身子，努力护住自己的右手。

"就是这只手！"

多喜拼命摇头。

"拿出来！快拿出来！"

她的手被抓住了。她奋力抵抗，又被打了。右手被扭过来，手指被掰开，便条纸终于被夺走了。她伸手想抢，手臂又被狠狠抽了几下，疼得刺骨。

浪江站起来，看了看便条纸上的数字。

"什么东西……这是谁的电话号码？"

还给我。

求求你还给我。

多喜哀求着。

"有人跟你搭讪吗？这种东西你倒护得死死的。"

浪江把便条纸一撕为二。

多喜扑了上去，肚子被踢了一脚，整个人向后撞在墙上，倒了下来，透不过气。

"你犯什么蠢？"浪江喘着粗气，鄙夷地望着多喜，"让我教教你。"

她把撕开的便条纸叠在一起，捏在左手，右手取出一个打火机，在便条纸下面点着了火，火焰转眼间升腾起来。

"怎么样？"

浪江松开手指，两道火焰落在榻榻米上。多喜飞扑过来，用手掌把火拍灭。便条纸几乎已经烧成了灰，数字早就无法辨认。多喜的眼泪滴在黑色的纸灰上。

多喜抬头紧紧盯着浪江。

"你这是什么眼神？有男人找你搭讪，了不起了是不是！"

浪江的右手再次高高举起。

"差不多行了！"

多喜感到一阵寒意。

是那个男人。

把死去的外公从这个家里运走的那个男人。

他步入房间。"脸上落了疤，价值立刻减掉一半。"

浪江瞥了多喜一眼，放下手。

"你是叫多喜对吧？"他的声音甜得发腻，令人作呕。

多喜连点头的勇气都没有。

"好久不见啊。你还记得我吗？"

"多喜，人家跟你说话呢！你会讲话，不是吗？"

"好了，你别逼人家嘛，"男人笑着安抚浪江，"她还这么小，你不要对她这么凶嘛。对吧，多喜？"

多喜本能地感觉到，这个男人比浪江更可怕。

"叔叔给你带了一份礼物，你想要吗？"

他从手中的纸袋里取出一堆粉色的布料，用双手铺展开。

是分体式的儿童泳衣，不过是那种成年女性爱穿的，屁股整个暴露在外的系带泳装。

"你喜欢吗？"

笑意从男人的眼睛里消失得无影无踪。

10

"哎呀，总算结束啦。"

主任村田公子转动着她那粗壮的脖子，与加藤昌代一道，往保育员休息室走来。她们已经与小夜班的员工交接妥当，只需写完养育日志，今天的工作便告一段落，之后安安稳稳地坐下来喝杯茶，换好衣服就能回家了。

岛本温子跟在二人身后，忽然发现寺尾早月不知到哪儿去了，于是折回游戏室查看。果不其然，她跟健一郎在一起，正笑着抚摩着他的脑袋，临走前跟他告别。

准备收养健一郎的西仓夫妇，这一天也来到双叶之家，跟健一郎相处了大半天。在外小住这一关也过了。健一郎应该很快就会离开双叶之家，只是早晚的问题。

温子扔下寺尾早月，独自回到保育员休息室。她从柜子里取出文件夹，坐到椅子上。

隔着桌子，坐在斜对面的村田公子抬起头问道："太妹姐姐人呢？还在健一郎那边？"

"健一郎差不多要走了吧。"

"我也明白，多在一起一秒也是好的，可是最后只会更难过。"

温子点头，打开文件夹。

目前，温子作为保姆负责照顾的是一岁的麻香以及一岁零五个月的裕太。

裕太十天前刚刚来到育婴院，是个挺乖的男孩子，认生和追随现象都还没出现。话虽如此，这却不是照顾起来费不费力的唯一判断标准。婴儿不跟在温子身后，说明他们还没有把温子当"特别的大人"看待。这样的孩子通常很少与温子四目相视，表情也很少，反而需要保育员悉心照料。

另一方面，因为亲生母亲住院而来到双叶之家的麻香，她的母亲顺利出院后，昨天开始了新一轮的接触。长达数周的空白期带给一岁婴儿的影响远超大人们的想象。事实上，时隔多日再度见到亲生母亲的麻香，依旧抱着温子不肯放手。见到此情此景，亲生母亲似乎也颇受打击，在工作人员的开导下，情绪总算稳定下来。可是，思想上接受，不代表情感上也能接受。如果让孩子们直接回归家庭，很多母亲无法给予孩子足够的爱，最糟糕的情况下，可能会诱发虐待等现象。因此，在婴儿回归家庭之前，需要设置一段相处的时间，在母亲与孩子之间重新培养起亲近的情感联结。

"对了，岛本，关于多喜……"身旁的加藤昌代小声对温子说。

她同为资深保育员，与村田公子形成鲜明反差，瘦长身子，为人稳重。九年前的那天，正当温子慌乱中想要夺回多喜时，挺身而出奋力制止她的不是别人，就是加藤昌代。

"你给我冷静一点！"

她的这句话至今萦绕在温子耳畔。很难想象平时总是端庄大方的她，语气会变得那么严厉。

"刚才我跟主任聊了几句，多喜一句话都没说吗？"

温子对主任村田公子讲述过与多喜见面的情形。

"是啊。我尝试了很多方法，最后她还是没开口……"

"有没有可能，她不是不想说，而是不能说？"

"不能说……"温子猛然被点醒了，惊出一身冷汗，"你是说失语症吗……"

失语症也叫缄默症，指的是身体功能没有异常，但无法发声，说不出话来。

这么说起来，多喜从头到尾不发一语，并不是因为抗拒温子的介入。她并没有试图逃跑，临走时还向温子点头示意。温子一直觉得当天多喜的状态很古怪，如果是失语症，一切就说得通了。

"嗯……很有可能……不，一定是这么回事！哎呀，我怎么就没想到呢！"

温子后悔不迭，就算留下了手机号码，要是多喜有失语症，又怎么给自己打电话呢？

一般来说，失语症是精神疾病和心因性反应。就当时的样子来看，多喜不像有精神方面的问题。这么说的话……

"会不会是父母双亡造成的刺激……"

"不要太想当然。"村田公子说。

"不，是失语症没错，我敢肯定。"

"我是说原因。"

温子不置可否。

"孩子说不出话，往往最值得怀疑的是遭到虐待。"

加藤昌代点点头，认为事情非同小可。"偷东西再加上失语症，家庭关系又那么复杂，我觉得情况不妙啊。还是让儿童咨询处那边出面吧……”

"那我们尽快行动……"

"要不要先跟院长汇报一下？"

"不必了吧，"村田公子说道，"那个以自我为中心又爱明哲保身的大叔，肯定不明白事情有多紧急，他肯定会说，这件事情跟我们没有关系。"

"主任，你小点声……"

保育员休息室的门开着，她们的谈话在走廊里听得一清二楚。

"院长办公室听不到的啦。"

"听得到！"门后面传来一个声音。

村田公子不禁挺直身子。

野木副院长走了进来，脸上带着欢快的笑容。

村田公子见了这才放下心来："你别吓人好不好！"

"副院长，你听到我们说的话了吗？"

"我全听到了。究竟怎么回事啊？话说回来，院长早就下班回去了。"

"那太好了。"村田公子毫不掩饰地说。

"是关于多喜的状况。"温子回答道。

野木副院长听了，收敛笑容，将休息室的门关上："你说说看。"

温子简单说明了情况。

野木副院长静静听完，大力点头。"我同意你们的观点，应该去跟儿童咨询处的人通报一下。"

"我们刚才在讨论，要不要先向院长报备。"

野木副院长陷入沉思。

"我说吧，副院长也被难住了，要是让那个大叔知道了，反而束手束脚，什么都做不了。"

野木副院长听了主任村田公子的一番话，苦笑道："要我说，这应该不仅仅是育婴院需要面对的问题吧。"

温子一时间没听明白。

"也就是说，如果确实有遭到虐待的可能性，向儿童咨询处通报，是全体国民的义务，跟是不是在育婴院工作没关系，难道不是吗，加藤？"

忽然被点名的加藤昌代理所当然地回答道："是的，您说得没错！"

"也就是说，将相关情况通报给儿童咨询处，并不需要得到院长的批准，这是我们作为公民的义务。或者说，就算院长不批准，我们也应该积极通报才对。你们说是不是？"

"副院长，你怎么不去从政啊？"村田公子打趣道。

"我说得有道理吧？"野木副院长笑道，"院长那边，我会见机行事，打好预防针的。有时候也要稍微给他点面子，他也怪可怜的。"

温子体会到某种坚实的支撑。"既然如此，我认识儿童咨询处的负责人，正好管那一片，我来跟他联系。"

"好的，你放心去做吧。"

聊到这里，保育员休息室的门开了，终于跟健一郎说完再见的寺尾早月走进来。连同温子在内的四双眼睛同时望向她，她不禁停下脚步，瞪着眼睛问："怎、怎、怎么啦，副院长也在……"

"我们在密谋呢。"村田公子半开玩笑道。

野木副院长故作严肃。"不许外传！"说完便走了出去。

11

优而茂购物中心停车场。

温子逐个检查每一辆停着的自行车。她对多喜骑的那辆自行车并没有太深刻的印象。但是她觉得，见到实物的话，或许能够辨认出来。正如九年不见，她却一眼认出了多喜。

结果，她没能发现多喜的自行车。其实，她根本就不确定多喜会在购物中心里。

温子穿过店铺的自动移门。

来购物中心买东西的顾客并不多，工作日的傍晚或许就是如此。晚些时候，人还可能会多起来。温子去上回的化妆品专区看了看，多喜不在那儿。温子有些如释重负，同时又难免感到失望。

保险起见，温子在商场逛了一大圈，随后离开。

天空中的云彩烧得通红，温子不禁驻足眺望。在陌生的地方，一个人抬头望着夕阳，简直有种迷失于异度空间的感觉。

（再去一次吧……）

温子离开停车场，走到国道旁的人行道，向东走去，在数百米开外的岔路口转弯。她停下脚步，确认方向无误后，继续往多喜家走去。

那次见面后的五天，多喜没有来电话。这没什么好奇怪的，她发不出声音。

久野家就在前面了。

那幢被发黑的石墙围住的老旧的两层楼宅子。

距离久野家十多米远，有一辆小轿车停靠在路边，引擎熄火，车上有人，能够看到驾驶座上面的脑袋。温子心想，也许是销售人员在这里休息。

小轿车的车身上看不到公司标志，温子警惕地保持一段距离，快步走过。

（多喜会在家吗……）

一楼和二楼都亮着灯。

看来在家。

温子在石门柱前深吸一口气,做好心理准备。她走进院子,按下了玄关处的门铃。

*

多喜一如既往地靠在墙边，席地而坐，尽量不发出声响，以免惊动浪江。只要有一丁点小事，浪江就会大发雷霆，对多喜拳打脚踢。多喜尽量不去触动她的神经。

不过说起来，这几天她依旧时常发火，却没再打过多喜，也不再要求多喜去偷化妆品，还会按时给她准备吃的。作为交换……

"你只要穿上这个，站在照相机前面就可以了。懂了吗？一点都不难，对吧？没有坏人的，你不要担心。坚持一下，弄完了就带你去吃好吃的，给你买好看的衣服穿，好不好？听到了没有？"

多喜并不理解那个男人说的这番话是什么意思，她也不想去理解。她猜测，他想让她做很恶心的事。据说时间定在两周后。

"在那之前，我会负责多找一些客人的。"

多喜已经无所谓了。她害怕，也反感，但无计可施。就算她逃走，那个男人也一定会穷追不舍，绝对不会放过她。被他逮到之后，他会比浪江更恶毒地对待她。多喜害怕自己

142

会被他杀掉，像外公那样，不知道被扔到哪里去。她唯有对那个男人言听计从，什么都不去想，任由他摆布。至少这样不用挨打，多喜讨厌疼痛。

楼下的门铃响了。

起居室里传来浪江的脚步声。

玄关处的房门被打开了。

有说话的声音。

多喜立刻抬起头。

这个声音。

她听到过。

（是她……）

那个制止她偷东西的女人。

那个教育她的女人。

那个说会站在她这边的女人。

我的……真正的……

（妈妈！）

多喜跳了起来，在楼梯口侧耳倾听。

"你是谁啊？市政府的人？"浪江摆出一副不好惹的架势。

"不是的。我是樫村夫妇的老朋友，听说他们因交通事故去世了对吧，真是太突然了。"

"我问你有什么事！"

"我听说多喜在这边生活，不知道她现在过得怎么样，我不会耽误很长时间的，能跟多喜说两句话吗？"

"多喜很好。不用费心。"

"不好意思，您是她什么人？"

"阿姨。多喜我会负责照顾的，我已经说了，她很好。"

"听说她是和外公一起生活的呀。"

"老人家在里面，不见陌生人。除了我以外谁都不想见，请回吧。"

"能跟多喜见个面吗？这样我也就放心了。"

"也就是说，我的话你信不过咯？"

"我没有这个意思……"

是妈妈。妈妈来接我了。妈妈要把我从这里救出去了。

（但是，如果，是我弄错了呢……如果她说，不是我妈妈呢……）

多喜感到恐惧，害怕连最后一点希望都失去。

她害怕直面残酷的真相。

多喜静静地回到房间，重新靠墙坐下。

楼下交替传来浪江和那个女人的声音。

多喜默然祈祷。

她等待着，等待那个女人呼喊着她的名字，冲上楼梯。

"多喜，我是你的妈妈，我来接你了，快出来吧！"

那样的话，她就会冲出房间，哭着投入那个女人的怀抱。她很想问个清楚，究竟为什么要抛弃她，为什么这么长时间不来找她……但多半问不出口。她不想让母亲难堪。她不想做一个令母亲难堪的孩子，她不能变成坏孩子。多喜要做个好孩子。

所以，妈妈，快喊出我的名字吧！

只要一次就够了，快叫我的名字。

我会立刻下楼去的。

"快回去吧你！"楼下传来浪江的声音。

那个女人小声回应了一句。

家中的空气重新沉淀下来。

（怎么可能……）

那个女人离开了。

她没能喊出我的名字。

她并没有自称是我的母亲。

别走!

多喜试图呼喊。

嗓子却发不出声音。

玄关的移门砰地关上了,把那个女人的气息彻底隔绝在外。

*

温子从久野家的石门柱退出后,又回头望了望。只见玄关移门紧锁。

(那个女人自称是阿姨……)

看起来不像什么正经人。

多喜与这样的女人同住,看来对治疗失语症一点帮助都没有。

(但是……又有什么办法可想呢……)

温子拖着沉重的脚步,照原路返回。

路边,刚才那辆小轿车还停着。

车里的人推开门,走下来,是个男人。

由于天色昏暗,温子看不清楚。

只见他大踏步地朝温子走来。

温子吃了一惊，愣在原地。她下意识地联想起在樫村夫妇居住过的公寓，自己险些被一个年轻男子拖进房间的遭遇。

温子拔腿便跑。男人紧随其后。

她很快就被追上了，男人抓住她的肩膀，把她往后掰。

温子非常害怕，心提到了嗓子眼。

"你在干吗呀？跑来这里做什么？"原来是儿童咨询处的近藤和人。

温子惊恐万分，一时说不出话来。

"来，跟我来。"

温子被拉到小轿车旁边。

"这是你的车？"

"上车再聊。"

近藤和人钻进驾驶座，温子坐进副驾驶，关上车门。

透过风挡玻璃，能够看到久野家的石门柱。原来如此。

近藤和人望着前方问道："说说，你来做什么？"

"我来找多喜啊。通报儿童咨询处这么些天，一点消息都没有。"

"我们很忙的好不好，又不是只有这一个案子要处理。"

"所以啊，我这不是利用假日亲自来了解多喜的情况了吗！"

"你搞清楚，无论中间发生了什么，现在那个女人才是那孩子实际的监护人。你见过她了吧？"

"你很专业嘛。"

"贸然跟监护人起冲突，是解决不了问题的。有时候必须忍。"

"所以你像警察一样在这里蹲守？"

"首先，我们要了解对方的情况。"

"对了，这里不让停车的，民警没有跟你说吗？"

"你是说派出所的小林警官吗？"

"你们认识……"

"他四十一岁，职位是巡查长，家里一共四口人，两个儿子，一个十二岁，另一个九岁。兴趣爱好是钓鱼。柔道三段，合气道三段。座右铭是'福至心灵'。"

"……"

"我已经向小林警官打听过他们家的情况了，在这里蹲守也跟他打过招呼。"

"没想到你考虑得这么周到……"

"我可是专业的。"

温子连忙问道："打听到什么了没有？"

"还真不少呢。"

"快告诉我。"

近藤和人显得有些犹豫。"算了，告诉你也可以。首先，关于那孩子的失语症，学校是知情的。"

"你还去了学校？"

"当然啦。但是，学校方面认为，她的失语症是受到父母去世的刺激，校医嘱咐她去找精神科医生咨询一下，但那孩子好像没去。"

"事故发生后，她就说不出话了吗？"

"这就是奇怪的地方。她伤愈出院后，转学到了现在的学校。起初，她是能够正常说话的，也很爱笑，成绩也非常优秀。嗯，成绩现在还是很好。可不知道为什么，大约半年前，她突然发不出声音，表情也阴沉起来。"

"那怎么还能说是车祸的影响呢？说不通啊。"

"但是，专家表示，这种情况并不少见，发病很可能会有一段潜伏期。"近藤和人眯着眼睛接着说道，"我还观察到一件事。"

"什么事？"

"听说那孩子跟养母的父亲住在一起，可是最近半年，那位老人很少在附近出现。这是民警告诉我的。"

"半年……"

"没错。刚好跟那孩子出现失语症的时间吻合。"

"这是怎么回事……"

"可能他去世了。"

"啊？……"

"市政府管理养老金的部门一直这么怀疑，可是苦于没有证据，总不能破门而入强行调查吧。"

温子没想到他居然连市政府的情况都了如指掌，他的人脉网络之广可见一斑。

"跟养老金有关？"

"有匿名举报，可能是周围邻居吧，他们调查了一下，发现的确很不对劲……"

"我是说，为什么会扯到养老金？"

近藤和人露出诧异的神情，没想到温子会问这么低级的问题。"如果人死了，就没办法领取养老金了啊。如果对这家人来讲，父母的养老金是唯一的收入来源，那么这笔钱就关系到生死存亡啦。所以，很多人会隐瞒父母的死讯，违规领取养老金，这样的案例逐年增多。电视上经常有相关的报道，你从来没听说过？"

温子惭愧地低声说了句："不好意思。"

"没事。"近藤和人叹了口气，"这个案件，我们不妨这样推测，在半年前，那孩子的外公去世了。当时，那个家里发生了变故，那孩子因此说不出话了。"

"变故……"

"比如说，外公生病或者意外去世，那孩子撞见了大人们隐藏尸体的过程。小学生看到那场景，吓得说不出话来，应该合情合理吧？"

"那就是说，隐藏尸体的，就是刚才的女人咯？"

"没错。还有一种情况，可能性比较低，那就是故意杀人，就是凶杀了。"

"凶杀……"

莫非，多喜跟犯罪人员同处一个屋檐下？

"既然如此，应该立刻把多喜从那个家里接出来啊。儿童咨询处不能出面吗？"

"你冷静一点。刚才我说的话，不过是推测。我们一点证据都没有。"

"可是……"

"我已经跟派出所的小林警官打过招呼了，他会帮忙留意的。现阶段，我们能做的只有这些。"近藤和人用手指有节奏地敲击方向盘，"遗弃尸体也好，不正当领取养老金也罢，只要能够找到犯罪证据，或者证明有虐待儿童的情节，我们就能向法院申请介入，对多喜实施强制保护。"他的手停下来，望着温子，"对了，你……"

"我姓岛本。"

"岛本，你是走过来的吗？"

"我的车停在附近，在购物中心的停车场里。"

"哦，优而茂对吧，那我送你过去。"他启动汽车引擎。

"不用蹲守了吗？"

"我又不是警察，总不能在这儿待一整晚吧。我也有正常生活要过的。这类案件，通常要做好长期作战的心理准备。"他点亮车前灯，发动小轿车。

"你方向好像错了。"

"这边也能走。放心吧，这里是我的片区。"

近藤和人驾轻就熟地操作方向盘，游刃有余地穿梭在狭窄的小道之中，仿佛闭着眼睛也能开出去。他口中的正常生活，指的是与他的家人共同生活吗？他结婚了吗？不知怎的，温子想到了这些。

待温子回过神来，轿车已驶入国道。优而茂购物中心的广告牌闪烁着亮丽的灯光。

"你看什么地方方便，把我放下就行了。"

近藤和人把车停入优而茂购物中心停车场。

"谢谢你。"温子表示感谢后下了车。

近藤和人从窗口探出头来嘱咐："今后可不要擅自行动了哦。"

"我知道了。但你有什么消息，要立刻联系我。"

"给你打手机？"近藤和人的脸上第一次露出笑容。

温子也不由得笑道："是啊，打我的手机。"

"一言为定。"

12

久野浪江故意重重叹了口气，别过脸去。

车窗外面，弹珠店、药妆店、回转寿司连锁店鳞次栉比。车道上的柏油到处可以看到裂痕，分隔人行道的路缘石经常缺掉一块。生她养她的这座城市如今显得如此破败凋零。

"你听我说嘛。"

"我听着呢。"

男人放慢面包车的车速，道路因为施工，有些拥堵。他踩下刹车，缓缓停下，前方是一辆堆满建筑废料的自动卸货卡车。

"地方就在家里。"

"不去酒店吗？"

"最近酒店对这类活动看得很紧，如果被他们怀疑，很可能会惹来警察，那就完了。而且……"

"而且怎样？"

"价钱还贵。"

想必这才是关键。

"可是在家里，也要顾忌邻居的眼光啊。老爷子的事肯定是那帮人通风报信，市政府的人才会来找麻烦的。"

浪江想到昨天来家里拜访的那个女人，她自称是姐姐的老朋友，但感觉并没有那么简单。

"这方面我自有安排，"男人指了指太阳穴，"本来我也打算把所有客人聚在一起，帮那孩子拍照，这么操作比较方便。"

他的小动作令浪江感到厌恶。"都说了会被邻居发现的……"

"你听说我嘛！"相向而行的车流中断了，前方的自动卸货卡车喷出黑色的尾气，也停在原地不动，令人头痛的气味通过车载空调钻进车里。男人毫不在意，猛踩油门。"我已经都想好了！如果一次性出入一大批人，势必会引人注意，这我明白，好吗！"

"那你说怎么办嘛……"

穿过工地后，面包车瞬间加速。

"每次拍摄，只放三个人进来。"

"怎么说？我不太明白。"

"真是个笨女人。"

浪江险些露出心中的不满。

"我计划这样，首先，把客人每三个人分成一组，跟每一组分别约时间，让他们到优而茂购物中心停车场集合。到时间以后，我开车去接他们，送到你家，然后在家里给小东西拍照，时间就定三十分钟。结束以后，我再把他们送回购物中心，接着换下一批。这样重复接送，就算一小时一批，从早到晚也可以接待十组人。"

"为什么是三个呢？一个一个来，不是更不惹人注意吗？"

"说你笨，你还不信，"男人不留情面地说，"一个一个来，效率太低了好不好！反过来说，四个人以上又太扎眼，三个人刚刚好。而且三人相互照应，客人们也比较放心。"

浪江不去和他争辩，她关心的不是这个。"那么，你准备收客人多少钱？"

"五万日元。"

"就这么点？"

"世道不好啊，提高价格，客人就少，反而赚不到钱。"

"可是，让小学生做那种近乎卖淫的事，才五万日元也太……"

"这可不是卖淫，是摄影活动，别搞错了！"

浪江缄口不语。

"你可听好了，这种事情传到警察耳朵里，多半是因为有人揭发。为什么要揭发？无非是花了高价，得不到相应的满足。五万日元这么点钱，我估计他们还是出得起的。"

"你是说真的吗？"

"你不信？"

车窗外有一家设施陈旧的钟点酒店，他们两个曾经去过一次。今天，面包车再一次从酒店门前疾驶而过。

"保险起见，这话我可得问清楚了。"

"怎么了？"

"只是穿泳装拍照片吗？"

"这种鬼话，别告诉我你真的相信。"

"不是吗……"

"表面上，我们对外说是单纯的泳装摄影活动，开始拍照后，我们就退出去，留下客人和小东西。客人也许会让她把衣服脱了，小东西也许会照做。后面的那些，跟我们就没有关系了，全看那孩子怎么表现。"

"也就是说，我们得跟小东西说好，或者吓唬她一下，让她听客人的话，乖乖把衣服脱了？"

"我也会跟每个客人打好招呼，如果把我们的'商品'弄坏了，他们可要照价赔偿。"

"你能找到多少人？"

"起码二十个。"

"十组，每组三个，不是三十个人吗？"

"那是最多。你到底有没有认真听啊？"

"二十个人，那就是一百万日元咯……"

"我们五五分成。"

"五十万日元？"

"你不满意？"

"我想要一亿日元。"

"你脑子是不是坏了？"

男人忽然按下喇叭，一位中年妇女骑着自行车强行横穿马路。"信不信我撞死你！死老太婆！"他踩下油门，绕开了自行车。

"一个人五万日元，真的假的？"

"怎么？"

"你该不会向客人收十万日元吧？"

"喂！"他立刻压着嗓子说道，"我像是那么小家子气的男人吗！"

"我不是这个意思。"

不会错的。

这个男人肯定私自克扣了一部分。

"我跟你说，这件事要是成了，每个月都可以办活动，会员积少成多，把口碑做出来，小东西会成为我们的摇钱树。"

浪江在心中隐隐作呕。

她并不同情多喜的遭遇，心中也没有多少罪恶感，只是身旁的这个男人令她感到恐惧，从他的身上，她能看到自己的影子。

浪江与这个男人在一家小型练歌房酒吧相识。她想不起来，是谁主动打的招呼。他们喝了很多酒，吵吵嚷嚷，扯着嗓子唱歌，不一会儿就赤身裸体躺到了酒店的床上。后来，他们时不时地碰个面，但肉体关系仅仅发生过那一次。每次见面，他们聊的都是钱的话题，怎么挣快钱。顺利的时候，顶多挣个几万几十万日元，净是一些上不了台面的小生意，而且很多时候雷声大雨点小。这次的所谓摄影活动倒像是真要搞起来了。

"那孩子，是处女吧？"

"那还用说。"

"如果会员多了，我们还可以拍卖她的第一次。说不定有人会出到一千万日元。"男人觍着脸笑道。

浪江暗自思忖，说不定有一天，自己会亲手杀了他。

13

"你没事吧？"

寺尾早月闷闷不乐地点点头，喝了一口餐后咖啡。

这家意大利创意餐厅店面很小，设有六个吧台位，外加四张四人桌，由店主夫妻二人独立经营。这里很适合女性食客独自前来，价格合理，菜品美味，温子偶尔会来吃。这里深受女客欢迎，今晚也几乎客满。店内谈笑声此起彼伏。

"不好意思，"寺尾早月小声道，"让你担心了。"

"不是我倚老卖老，你现在的心情，我是完全能够体会的。"

今天，健一郎离开双叶之家的日子，终于正式确定了。

虽说已经跟养父母培养过感情，但对不足两岁的婴幼儿来说，分离会带来强烈的不安全感。特别是长久以来与其建立起亲密关系的保姆，一旦完全消失，孩子们受到的冲击就非同小可。为了尽可能减轻孩子的负担，寺尾早月身为保姆，需要在今后的日子里，逐渐减少与健一郎的接触，不能够再向他肆意倾注母爱。

寺尾早月的失落之情，大家都看在眼里。下班后，实在看不下去的温子主动邀请她共进晚餐。

温子点了一份章鱼杏鲍菇香辣意面，寺尾早月则选了培根鸡蛋意面，都是套餐。用餐的时候，温子刻意避开健一郎或其他孩子，随意说了些实习生的态度问题、野木副院长的脱发问题，以及有关三浦院长的坏话，话题尚算丰富。寺尾早月不时展颜微笑，而饭后，她不再强打精神，木木地听温子说话，连反应都没有。温子看准机会，终于提起健一郎，她觉得，寺尾早月恐怕也有话想要对她倾诉，否则就不会接受她的邀请。

寺尾早月将咖啡杯放回原位，若有所思地说："我可能，会辞掉这份工作。"

温子并不感到惊讶。

她自己也是这么走过来的。

"一想到今后这样的情况还会不断出现……我就……我就觉得很难接受……"

"是啊，是会想要辞职的。"

寺尾早月垂眼望着餐桌。

"可是，有一件事我想提醒你，你辞掉这份工作，健一郎会高兴吗？"

"反正健一郎会把我忘掉的呀……有什么高不高兴呢？"

"是吗？"

寺尾早月抬起头。

"的确，离开双叶之家后，健一郎可能不记得你了。但是，你认为他永远不会想起来？"

"这是什么意思？"

"如果顺利的话，总有一天，健一郎在法律上会成为那对夫妻的孩子。然而等他长大成人，他会知道真相，自己并不是父母的亲生儿子。你觉得，知道真相以后，健一郎首先会怎么想？"

"他会很吃惊吧……还有，他会想要见一见自己的亲生父母吧……"

"没错，他会好奇，自己的亲生父母是什么样的人。我们每个人都是一样的，都想要了解自己的来历，都会想看一看孕育自己的土壤，对吧？"

"土壤……"

"如若不然，我们不就成石头里蹦出来的了吗？生而为人，还有比这更悲哀、更失落的事情吗？"

"可是，健一郎的亲生父母……"

"对，他们失踪了，到时候就算他想见，也见不到。"

寺尾早月咬着嘴唇，点点头。

"健一郎或许见不到把他带来人间的亲生父母，但那个将他视如己出、悉心照料他的人，他还找得到，不是吗？"

"你是说有一天，健一郎会来双叶之家找我？怎么可能……"

"实际上，这样的情况并不少见啊。"

寺尾早月脱口而出："真的假的？"

"听说我来双叶之家工作前，有个二十多岁的男生，当时正准备结婚，他希望能够重新回到自己的原点。"

"后来呢？"

"那个男生没有事先打电话，而是突然来到双叶之家。当时的院长和副院长都不认识他，不知道怎么应对才好，村田主任一看见他，立刻就认了出来，叫出他的名字。"

"那么主任是……"

"是那个男生当年的保姆。眼前这个陌生的阿姨忽然叫出自己的名字，男生也吓了一跳。"

"主任居然认得出他来。"

温子以前对这个故事也半信半疑，现在的她相信确有其事，她本人也一眼认出了多喜。

"健一郎也许有朝一日也会回到双叶之家。到时候，你还在不在，就变得格外重要了。你的人生，今后的路还很长。但如果健一郎得知，曾经照顾过他的保姆因承受不了这份工作带来的压力而辞职，他会做何感想呢？"

"我要辞职并不是健一郎的错，"寺尾早月斩钉截铁地说，"能遇到他，我很开心。"

说完，泪水从她的眼中滑落下来。

她低下头。肩膀微微颤动。

温子递出一块手帕。

寺尾早月接过去，在眼角按了按，不好意思地笑道："哎呀……真是丢人。"

温子看了眼手表说："时间差不多了，我们走吧。"

"偶尔让我这个前辈请你吃个饭。"温子表示坚决要替寺尾早月付账。

两人相隔十米左右，一前一后默默地往停车场走。寺尾早月开了一辆紫色小轿车，她在街灯下望着温子说："今天，真的太谢谢了，让你破费了。"她低下的头迟迟没有抬起来。

"你还准备辞职吗？"

"啊？"寺尾早月显然还没能走出来，"怎么说呢，可能还需要一段时间，我已经不是那孩子的妈妈了……"

"你不要搞错了，"温子的声音变得有些严厉，"你原本就不是他的妈妈。"

"这我明白……"

"双叶之家的保姆，和妈妈是不一样的。我们只是代其承担了身为人母的一部分职责。"

"……"

"没错，把孩子视如己出很重要，做不到这一点，也就没有资格当保姆。但是，我们随时都要记住，保姆和妈妈是不一样的，两者之间有着明确的界限。"

"也就是说，对健一郎来讲，我已经没有价值了？"寺尾早月的笑容略显悲伤。

"不是的。从今往后，你还是他的保姆。还有一件重要的事情等着你去做。"

"……"

"你要由衷地祝福健一郎，祝愿他幸福安康。"

寺尾早月一脸诧异地问："仅此而已吗？"

"你不觉得这很重要吗？"

"重要？"

"没错，健一郎会把你忘掉，慢慢长大成人。但是，在他看不到的地方，有一个人在为他的幸福而祈祷，我相信这个事实会深深埋藏在健一郎的心底，他会记得的。怎么说呢……也许在关键时刻，这会给健一郎活下去的力量。至少我对此坚信不疑。"

寺尾早月低着头。"我不要……这太折磨人了！"她大声叫道，"我还想跟健一郎在一起，我还想要亲手抱着他！"尽管她自己也明白，这是不可能的。

"我明白的。"温子不便多言。

"再见。"

寺尾早月钻进小轿车，发动引擎，点亮车前灯，开了出去。温子目送红色的尾灯渐渐远去。

剩下的问题，只能靠她自己解决了。我们每个人，只能在心中品尝苦涩的滋味，学会与现实妥协。当时的温子，何尝不是如此。

温子也打开了马自达 2 的车门，坐进驾驶座，手机忽然响了。

屏幕上显示出一个陌生的电话号码。

温子感到很诧异，有一个直觉闪过脑海，使她不禁起了一身鸡皮疙瘩。

14

班主任永濑用粉笔敲击黑板，嘴巴动来动去。樫村多喜什么都没听，什么都没想。因为只要开动大脑，满脑子就净是明天的种种，她感到很不舒服。

多喜好几次想找永濑或医务室的姬宫商量，最后都放弃了。两位老师表面上对她很关心，但多喜觉得，他们打心眼里不想插手，也不愿意惹麻烦。她总是甩不开这念头。总而言之，在多喜看来，周围的大人没有一个能让她毫无保留。

永濑将双手撑在讲台上，扫视全班。多喜将视线转移到教科书上，从而避开他的目光。书本上印着小学数学的练习题。

"6.425 的千分位是几？"

答案是 5。

很简单的问题。

忽然，多喜被这个数字吸引了，反复读了好几遍题目。

这道题很平常，正确答案就是5，可是为什么总觉得哪里不对劲？

（是数字的排列吗……）

6425。

看着这串数字，多喜莫名其妙感到安心，同时又有些难受、悲伤的感觉，心情很是复杂。

好像在哪里看见过，留下了深刻的印象，这才勾起了种种情绪。可是，最近多喜与数字的接触，无非数学课或习题卷之类的……

有一道光在多喜心头闪过。

那个女人递给她的手写便条纸。

写在便条纸上的数字。

×××-6425-……

（对……就是这个……）

是那个女人的手机号码。

是那个制止我偷东西的女人。

是那个教育我的女人。

是那个因为担心我，登门拜访的女人。

是那个握着我的手，对我说，会站在我这边的女人。

多喜将数字写在笔记本上。

×××-6425-

问题是剩下的四位数。

多喜心想，只要补全这四位，就能给那个女人打电话。即便发不出声音，只要那个女人叫出我的名字，我应该就可以想办法做出回应。更何况，那个女人或许就是我的亲生母亲……

要是能发出声音，多喜想要把她看见的、发生在她身上的，全都说给那个女人听。他们让她做了什么，又准备让她做什么，现在她心里做何感想，等等。如此一来，那个女人说不定会重新上门找她。

肯定会的。

然后，我就能得救了。

但在那之前……

多喜闭上眼睛，搜寻记忆。

当时的那张便条纸。

那个女人亲手写下的数字。

×××-6425-……

脑中浮现出模糊的画面。

×××-6425-……

看到了。

就快看到了。

最后的四位数，开头的那个数是……

这时，下课铃声忽然响起，眼看跑到眼前的数字再次不翼而飞。多喜睁开眼睛，狠狠地瞥了一眼教室里的扩音喇叭。

第六节课结束后，随即进入放学前的班会时间。

永濑将大小事务逐一写在黑板上，下发完各种习题卷和通知后说："大家不要光顾着玩，记得做作业哦。周一要交的！"

说完千篇一律的台词后，永濑跟大家道别，宣布放学。永濑看了多喜一眼，并没有主动找她谈话，而是迈着轻快的脚步准备离开教室。

女生们在他背后故意问道："今天又去找姬宫老师吗？"

"不可以吗？"永濑丝毫没有否认的意思。

教室里一片哄笑。

班主任离开后，搬动桌椅的声响不绝于耳。多喜默不作声，将铅笔盒、教科书、笔记本塞进书包。

"他们两个每周都会出去约会，是真的吗？"

"嗯。我妈妈看到过他们。"

多喜独自走出教室，背后传来同学们热烈的讨论声。

回家路上，多喜在某家盒饭店买了个两百九十日元的盒饭。早上，那个女人给了她三百日元。多喜没出声，用手指点了点菜单，店员见状露出不乐意的表情。

快到家的时候，多喜感到有些透不过气。每靠近家一步，她就会感到身体变重了一些。

她在石门柱跟前停了下来。

"下午好。"

多喜回过头。

是一位骑着自行车的警察，正笑眯眯地望着她。

"你怎么啦？"

多喜赶忙跑进院子。

玄关处的房门没有上锁。

多喜连忙关上移门，好让自己消失在警察的视线之中。

多喜清晰地意识到，自己是有罪的，因为她亲眼看到那个男人将外公的尸体运走了，却什么都没说。她还任由浪江摆布，去百货公司偷化妆品。再加上，明天她还要……

起居室听不到电视的声音，潮湿的空气一片沉寂。多喜拎着盒饭走上二楼，她没有立刻吃饭，而是在墙边坐了下来。

×××-6425-……

只要能想起剩下的数字就行了。

×××-6425-……

只要能给那个女人打电话就行了。

×××-6425-……

可是……

（怎么也想不起来……）

多喜抱着膝盖，视线放空，脑海中只剩下一些零碎的片段。养父母的脸、小时候自己的照片、知道真相的那个晚上、独自一人在医院感受到的孤独、与外公的生活及突如其来的死亡、那个男人给她带来的恐惧、噩梦般的种种、第一次偷东西那天的绝望、第二次偷东西那天手被握住的感觉，以及……

"不许这样，多喜，这么做不对。"

那个女人的眼睛里满是悲伤。

"如果遇到自己没办法解决的问题，随时都可以给我打电话。就算我在上班不能接电话，只要你给我留言，我一定会来找你的。"

可是，多喜怎么也想不起那个女人给她的电话号码。

该怎么办才好呢？

多喜闭上眼睛。

泪水滚落下来。

（唉……）

她睁开眼睛。

脑中的回忆片段定格下来，那个女人递给她便条纸的瞬间，忽而清晰地浮现脑海。她看到了最后的四位数。多喜站起来，取出铅笔把数字写在笔记本上。

应该就是这个号码。

不，一定不会错的。

只要打通这个电话，就能跟那个女人取得联系。

因为不舍得付电话费，浪江拆掉了家里的固定电话，但优而茂购物中心应该会有投币式的公共电话。多喜手中正好有买盒饭找回的十日元硬币，用这十日元就能打电话。

多喜撕下写有数字的那一页，折起来塞进口袋。

天色昏暗，国道上，开着车头灯的车辆来来往往。优而茂购物中心停车场有一半都停满了。

停车场里胡乱停放着自行车和摩托车，多喜把车停在外围，向自动移门走去。

公共电话就在进门后的左边，也许是很少有人使用的关系，看起来颇受冷落。多喜站到公共电话跟前，展开笔记本残页，并不急着拿起电话听筒。

她还发不出声音。她试着发声，喉咙异常僵硬，动弹不得。她想象着，如果打通那个女人的电话，自己兴许能够勉强发声，但要是依旧无法出声……

她手边只有一枚十日元硬币，只能打一次电话。她很有可能会浪费掉这仅有的机会。

（怎么办呢……）

天花板上的扩音喇叭开始播放优而茂购物中心的广告曲，明快的女声反复呼喊优而茂购物中心这个名字。

（就是这段音乐！）

通过电话听筒，应该能够听到这段旋律，从而知道是从优而茂购物中心打来的电话。这里是与那个女人初次见面的地方，有特殊的意义，那个女人一定能够想起来，能猜到是我打的电话，是我在求助。

多喜拿起电话听筒。

她看着纸上的数字，慎重地按下按键。

×××-6425-××××

她把听筒挪到耳边。

呼叫声响起。

她默默祈祷。

电话接通。

（妈妈！）

"这里是佐佐木家。"

是个陌生男人的声音。

"喂？喂？……哪位？"

电话挂断。

手中仅剩的那枚十日元硬币，就这样在几秒后，化成了一段毫无意义的电子音。

多喜茫然地放回听筒。

她勉强支撑着濒临崩溃的身体。

（怎么会这样……）

那个女人给我的电话号码是假的？她在骗我吗？她也是坏人吗？

（她一定不会做这种事的……）

多喜重新看了一眼号码。

是号码错了。

一定是哪里搞错了。

也许是记错了某个形状相似的数字，例如 8 和 3、5 和 6、
1 和 7、7 和 9。如果多尝试几次，也许能够最终找到正确的
电话号码。可是，多喜没有那么多钱可以试。

多喜将纸片塞进口袋，走出购物中心。

天已经彻底黑了。

夜晚要把一切统统吞噬似的。

（要不就这样逃走吧……）

多喜闪过这个念头。但逃跑肯定会被抓住的。与其被一
度相信的希望辜负，不如接受确定不移的绝望。多喜骑上自
行车，重新回到那条弥漫尾气的车道。

家里没有亮灯。浪江还没有回来。

走进玄关，屋子里黑漆漆的，多喜心想，此时此刻这深
不见底的黑暗，她恐怕一辈子都不会忘记。

多喜并不开灯，直接踏入走廊。

经过起居室时，偶像组合的歌声突然响起。

浪江在家。

多喜屏住呼吸，仍旧感觉不到任何气息。

歌声还在继续。

多喜朝起居室张望，只见红色的灯点一闪一闪。她伸手摸到电灯的拉绳，拉了一下。灯光充满整间屋子。红色的灯点来自浪江贴满装饰贴纸的手机。手机掉在餐桌下面。

来电提示灯熄灭了。

歌声也消停下来。

多喜的身子不自觉地动了起来。

她捡起手机，飞快地冲上二楼，打开灯，在墙边坐下，翻开手机盖。手机没有密码，她一边看着纸上的号码，一边按下数字键。

×××-6425-

这几个数字应该不会错。

关键是后面几位。

多喜尝试按下形状近似的数字。

"喂，哪位？"

一个年轻女人接了电话，显然不是那个女人，多喜只好默默挂断，也许别人会以为是恶作剧吧。多喜有点抱歉，但赶紧继续尝试。

又打错了。一个男人。

再来。

这次是无人使用的空号。

再来。

女人。不对。

多喜紧紧抓着最后一根稻草，不断尝试想到的数字组合。

然而，始终无法与那个女人取得联系。

再来。

"你有完没完！"

耳边突然传来愤怒的斥责声。

也许对方认错了人，多喜有种被指责的感觉。

她的信念开始动摇。

（也许从头到尾就是错的……）

也许是因为太想见到那个女人，才会胡乱编出这串数字。也许现在的所有尝试都是徒劳。可是对此时此刻的多喜来说，除了继续按下数字键，还能做什么呢？

多喜还没有放弃。

她继续输入号码，不断拨打电话，可依旧无法与那个女人取得联系。

无论她试多少次，都是同样的结果。

她不知道拨了多少次。

×××-6425-

她的手指停了下来。

所有能想到的组合都试过了。

她的脑中一片空白。

（已经……不可能了……）

她近乎下意识地按下四个数字。

出于惯性，将手机贴到耳边。

拨号音响起。

电话接通。

"喂……"

多喜迟钝的神经突然一阵惊觉。

"我是岛本……"

（哦，对了，我还没自我介绍呢。我的名字叫岛本温子。）

是她……是那个女人。

接通了！

电话终于接通了！

多喜深深吸了一口气。

（你敢说出去我就杀了你！）

多喜的喉咙像被什么东西堵住了似的。

她发不出声音。

果然还是没办法说话。

多喜在心中呼喊着。

不要挂电话。

要怎么才能让你知道。

"你难道是……"

没错。

就是我。

"是多喜吗……"

多喜心中涌起一股暖流。

她知道了。

她全都明白了。

"你现在人在哪里？在家里吗？"

要怎么表达呢？

如何告诉她才好呢？

这在这时，一股巨大的力量，将多喜手中的手机一把夺
了过去。

一道冰冷而阴暗的目光俯视着多喜。

*

"多喜？喂？"

温子在马自达 2 的驾驶座上握着手机，眼睛凝视着前方的黑夜。她的心脏加速跳动，脑细胞迸出火花。

是多喜的电话。

温子确信，没有一丝一毫的怀疑。九年后再次见到多喜时，她心中也有过这种不容置疑的确信。

实际上，温子只听得到对方的呼吸声。即便有骚扰电话的可能性，但总觉得那呼吸声透着稚拙的气息，电话那头应该是个孩子。

多喜的失语症只要没有好转，她就当然无法发出声音。要是多喜明明知道自己无法说话，却还是给温子打来电话，那又说明什么呢……

难道，多喜是有什么非说不可的事情要告诉温子吗……

温子还注意到，电话挂断时传来的那一声巨响，明显带有强烈的愤怒和憎恨。

电话是用手机打来的。

温子知道多半无法接通，但还是尝试着按下通话键。

拨号音响了，很快又被掐断。

温子又试了一次。

还是同样的结果。

温子仍然不放弃。

这次，手机的电源被关闭了。

温子脑中浮现出那位自称多喜阿姨的女人的面孔。近藤和人告诉过她，此人名叫久野浪江，似乎不是什么善男信女，现在正与多喜一起生活。可能就是她强行打断了多喜打来的这通电话。

温子给近藤和人打去电话。

"谁啊？"他的声音很不耐烦。

"我是双叶之家的岛本。多喜的事情，有消息了吗？"

"啊，哦，你啊……没什么进展。"

"刚才，多喜给我打电话了。"

"啊？那孩子，不是失语症吗？"

"她在电话里一直没讲话。"

"什么？真的是她吗？会不会是恶作剧？你怎么知道是她……"

"我怎么可能听不出来！"话一出口，连温子自己都觉得不可思议，为什么能那样断定，打来电话的一定是多喜，"肯定是多喜！不会错的。她没说话，但是总感觉……她希望我去找她。"

"你该不是有心灵感应之类的特异功能吧？"

"别跟我开玩笑了！"

"我没跟你开玩笑……心灵感应只是随口说说，抱歉。"

温子按捺住烦躁的心绪说："电话很快就被挂断了，而且，好像是被什么人强行切断的。所以我担心，多喜肯定是出什么事了。"

电话那头传来一个男人愤怒的喊声，结合周围环境的声响，近藤应该还在儿童咨询处，可能还没下班。那带有强烈悲伤的叫喊声，究竟……

"不好意思……你还在忙是吧？"

"嗯，最近，我们暂时托管了个孩子，孩子的父亲总是来找麻烦。"

"是虐待吗？"

"亲生父亲呢。"

温子侧耳倾听。

"你们这些人，有什么权利把我儿子藏起来！"

"唉，这种事情太常见了，我们要是怕了他，工作还怎么开展啊。而且，大部分父母，只要发泄够了，也就不会有什么过激举动了。"近藤和人不为所动，语气平缓淡然。

电话里又传来女性员工的尖叫声。

伴随着杯子碎裂的声响。

"没事吧……"

"嗯……今天这位不好对付，友军陷入苦战，急需支援。"

音量不断提高，怒吼、尖叫此起彼伏，简直乱作一团。近藤和人的声音依然不紧不慢，与背景形成鲜明反差。

"对了，我现在就去看一下多喜那边的状况吧。"

"啊？你说什么？"

"我说我这就去多喜家！"

"什么？我听不清！"

"没事了。"

电话断了。

温子心中一团乱麻。

那孩子在呼唤她。

那孩子需要她的帮助。

她必须去。

（也许即将发生一番激烈的争吵……）

马自达 2 的引擎点火启动。

*

"你在干吗？为什么乱玩我的手机！"

浪江俯视多喜。

手机响了。

浪江瞥了一眼，立刻挂断来电。

铃声又响了起来。

"烦死了！"

她挂断电话，关闭了手机的电源。

浪江再次盯着多喜，将手机贴在多喜面前问道："谁？你在给谁打电话？"

多喜颤抖着，摇了摇头。

"快说，老实交代！"

多喜只得继续摇头。

"我看到你就烦！快给我说话！你说不说！说不说！"

浪江的吼声简直不像正常人。人类居然能够发出这样的声音，多喜感到恐惧。

"算了……你不说是吧……不说我也知道，"浪江摆出一副要把手机扔到多喜身上的架势，气喘吁吁地说，"就是上次那个电话号码吧？你拼命藏起来的那个！"浪江在多喜面前坐下，"那男人有那么好吗？啊？第一次被男人搭讪，瞧把你给迷的。"

浪江用手机在多喜的脸颊上拍打了几下。

"你就这么想找人家，还偷我的手机，啊？看上去还是个小鬼，心机可深呢，真是人不可貌相。"

浪江完全误会了，以为她用打火机烧掉的便条纸上，留着的是搭讪者的电话号码。

"你别给我做白日梦了！"浪江诡异地低声说道，"我不打你是因为明天的事，要是身上青一块紫一块怎么见客人。你要懂得感恩，知道了吗？"

多喜点点头。

忽然，一阵剧烈的疼痛将多喜的思维全部打散，眼前布满白点，她的脑袋好像遭到了猛烈冲击。

"白痴！"

浪江站起身。

＊

马自达２穿过久野家的石门柱。温子再次减速，将车停在上回近藤和人停放小轿车的位置，随后关闭了车前灯和引擎。

夜晚的巷子听不到人声。

拥挤的民居透着光亮，白色街灯极为暗淡，落寞地飘浮在黑暗中。偶尔有车辆经过，但路面上并无行人。

温子打开车门，让潮湿而温暖的空气钻进来。她走下车，四下张望，看不到人影。也许，在这片黑暗中，正有什么人潜伏着。

温子缓缓呼了口气。

她的神经紧绷起来。

她跨出一步。

能清晰地听到自己的脚步声。

她站在久野家的石门柱前。

窗户透出灯光。

一楼和二楼都有。

电视的声音似乎来自一楼。

听不到说话的声音。

她走进石门柱，沿着步道穿过院子，按下了玄关处的门铃。

她静静等待屋内的反应。

什么都没发生。

她再次按下门铃。

＊

多喜抬起头来。

她听到了。

是门铃的声音。

有人找上门了。

门铃又响了。

多喜在墙边站了起来。

她走到楼梯口探测楼下的动静。

浪江还在起居室。

在电视机前不为所动。

铃声再起。

浪江总算有反应了。

走廊传来脚步声。

"谁啊？"

门外的声音在二楼听不到，浪江厌烦的口吻却令多喜差点不由自主地跳起来。

"怎么又是你！"

是那个女人。

那个女人来找她了。

那个女人明白了她的心意。

（妈妈！）

多喜想要立刻冲下楼，腿脚却不听使唤。她心里清楚，如果现在不下楼，一定会后悔的，可就是停在原地动弹不得。

"我跟你说了不行！快给我走，否则我叫警察了！"

那个女人并不退让。

我在这里。

我就在这里。

"你有完没完啊！"

玄关的移门被推开了。

那个女人推开门了。

多喜终于听到了她的声音。

"麻烦你了，让我跟多喜见一面好不好？只要看到她，我立刻就走。如果你报警，我也不会拦着你。"

多喜心头一热。

是那个女人没错。

她的声音那么温和，意志却异常坚决。

"你什么意思……我真的报警啦！"

"怕警察来的，我想应该是你吧。"

＊

"怕警察来的，我想应该是你吧。"

温子说完，眼前这个女人的脸色明显变了，望着温子的眼神也开始闪烁起来。

突如其来的沉默被身后热闹的电视声填满。

"你到底知道些什么……"

温子感到诧异，这个女人究竟知不知道自己在说什么？她这么说，难道不是承认自己做了什么见不得人的亏心事？

"看来你有事情见不得光，怕警察知道，对吧？"

女人恼羞成怒，终于意识到自己说错了话。

"多喜怎么了？你是不是打她、骂她了？还是……有更严重的行为？"

"你小心……我杀了你……"

温子后背一凉，但此刻不是退缩的时候。"让我跟多喜见一面，否则，我这就去把警察叫来。你别小看我，我认识派出所的小林警官。"

"你这是在威胁我吗……"

"让我跟她见一面。我要跟多喜说话，让我跟多喜说话。我要知道多喜现在没事。"

女人扬起下巴挑衅道："有本事你试试看。"

见女人坚决不肯，温子心想，事情一定不简单。绝不仅仅是近藤和人口中的违规领取养老金这么简单，一定还与多喜有关。

今天，绝对不能再这么回去。

"怎么……想打架？你来呀！"

温子不为所动，直直地望着女人的脸说："让我跟多喜见一面。"

女人咬牙切齿，面目狰狞。

*

多喜的眼里不断涌出泪水，止也止不住。

她果然是我的妈妈。

我的亲生母亲。

所以她才连夜赶来，为了救我，面对浪江毫不退让。

我已经没事了。

原来，我不是一个人呢。

我终于放心了。

"妈妈……"

这是她内心发出的声音，还是嗓子发出的声音，多喜不得而知。

"救救我……"

多喜深深吸了一口气。

她的灵魂仿佛通过喉咙喷涌而出。

"妈妈，救救我！"

＊

"妈妈，救救我！"

温子听到一个声音。

多喜的声音。

呼唤她的声音。

向她呼救的声音。

她的视野此刻格外清晰，身体先于头脑本能地做出反应。她脱下鞋子，进入屋内。

"喂，你怎么不讲道理……"

她用双手在女人的胸前推了一下，使出很大的力气，女人摔了一下。温子顺势跑进走廊。

"多喜！多喜你在哪里？"

"妈妈！"

只见多喜从楼上飞奔下来，扑进温子的怀里。温子用力紧紧抱住了她。

"多喜，你没事吧……有没有受伤？"

"外公死了，不知道被带到哪里去了，有个很凶的男人把他带走了，家里只剩下我一个人，我变成坏孩子了，我是，坏孩子了……"多喜一股脑说个不停。

"没事的，放心，已经没事了……"

忽然，温子的后脑勺就像要炸开似的，眼前漆黑一片。

等她重新看到光线时，竟发现自己已经倒在地上，双手下意识地捂着头，口中喘着粗气，目光涣散，无法聚焦。

多喜在哪里？

她四下寻找。

有个人影。

多喜。

不。

是那个女人。

多喜的阿姨。

久野浪江。

她手里拿着什么东西。

通红的高跟鞋。

随意脱在玄关的鞋子。

是被高跟鞋敲了一下吗？

"你这家伙……"久野浪江闪烁着阴暗的目光，不断逼近，"都是你的错……"

温子听不懂她在说些什么。

"是你干的好事！"

温子虚弱地摇了摇头，左手捂着后脑勺，右手手肘被拽着，身子直往后倒。她的腰部以下完全使不上力，站都站不住。过了一会儿，意识终于逐渐清醒，确认自己并没有出血。被高跟鞋砸了一下脑袋，人还不至于会死。伤得不算太重，可是温子仍旧站不起来。

"要是没有你，我就不会变成现在这样了！"

女人怒吼着，将高跟鞋扔了过来，口中几乎要喷出火来。温子用双手保护脑袋，紧紧闭上眼睛。距离身体几厘米的地方响起撞击声。

她睁开眼，只见久野浪江环视四周，仿佛在找些什么。浪江反身走向玄关，从鞋柜后面掏出了一样东西，是一根灰扑扑的棒球杆，其上布满灰尘。温子心想，要是被球杆击中，恐怕真要性命不保了。

得快点逃出去才行。

身体却不听使唤。

她的双腿绵软无力。

久野浪江双手握着球杆，朝她走来。

"你竟敢……竟敢……我的人生全部搞砸了！"

棒球杆高高挥起。

温子抱着头，闭起眼睛。

她屏住呼吸，准备迎接球杆的袭击。

"多喜，让开！"

她又睁开双眼。

是多喜。

只见多喜张开双手，摆出保护温子的姿势，直挺挺地站在久野浪江跟前。

"多喜……别……你快跑吧！"

久野浪江把棒球杆举得更高了。

"小心我连你一起打！让开！"

"我不让！"

"你以为我不敢打你吗……明天有人来拍照，你以为我不敢打你是不是？"

拍照？

拍什么照？

她准备对多喜做什么？

"说不定打得你青一块紫一块，那些变态反而更兴奋！快让开！小心我连你也杀了！"

她果然把多喜当成了赚钱的工具……

温子咬紧牙关，心中满是愤怒。

我得站起来。此时此刻我若不站出来，那我来这一趟，还有什么意义呢？

"让开！"

"我不让！"

温子转念一想，这是十一岁孩子发出的声音吗？她这个成年人面对暴力尚且腿软，身体完全不听使唤，眼前这个幼小的身体，究竟哪里来的力量呢？

"你这小东西！"

"我就不让！"

意想不到的寂静包围了整个空间。久野浪江和多喜都陷入沉默，不发一语。耳边只剩下起居室的电视不合时宜地发出一连串笑声，或许正在播放某个综艺节目。笑声中断，厨房清洁剂的广告紧随其后。对于刚才发生的种种，温子感到有些不可思议。

久野浪江的嘴唇几乎一动不动，哑着嗓子低声吼道："我不要这样的爸爸！你快去死吧！"

浪江的发音含混不清，温子以为自己听错了。

说完这句话，久野浪江的状态明显变得有些怪异。她紧握棒球杆的手没了力气，耸着的肩膀也放下了，脸颊垮下来，嘴唇微张，双眼依旧盯着多喜，眼中燃起的憎恨却不知去向。

此刻，这个女人在多喜身上看到了什么呢？

久野浪江的脸颊不住地颤抖着，用近乎慢动作的方式，表情一点点崩溃，眼泪一滴滴落下。她试图强忍泪水，闭上了眼睛，豆大的泪滴相继滑落。

（就是现在！）

温子撑着站起来，将多喜揽到一旁，奋力冲向停在半空中的棒球杆。久野浪江几乎不做任何抵抗，将球杆拱手相让。温子一把拽过棒球杆，紧握不放。

与此同时，久野浪江崩溃了，双手向外挥出，整个人仰躺下来，嘴巴大张。

浪江仿佛用尽五脏六腑的气力，令人恐惧的哀号从她口中喷涌而出。悲叹、后悔、憎恨、愤怒……长年积蓄的情感一下子被释放出来。这也许就是一个人彻底崩溃的瞬间……

多喜紧紧抓住温子的手臂，温子也搂着多喜的肩膀。久野浪江的哀号丝毫没有停止的迹象。

"多喜，我们走吧！"

温子搂着多喜，一道向玄关走去。

来到走廊的尽头，移门的隔热玻璃上映出一个人影。推开移门，一个陌生男子站在温子面前，手里还捧着一提罐装啤酒。

只见他踏入玄关后，诧异地望着温子问："你谁啊？"

温子将多喜紧紧抱在身边。

"你想把这孩子带到哪儿去？"男人抻长脖子，窥探屋里的状况，"喂，这人谁啊？你在哭什么！"

久野浪江并不理会，只是一味哭泣。

"多喜，这人是谁？"

"坏人。就是他把外公……"

男人瞪了多喜一眼，咬牙切齿道："给我回去，有话好说。"

"多喜，快跑！"温子的手还握着棒球杆。

她让多喜闪到一旁，将球杆握紧，向前挥去。男人用罐装啤酒挡了一下，温子被反作用力顶得向后摔去，棒球杆落在了地上。

"开什么玩笑，你想干吗？"

多喜咬住了男人的手。

"你这小东西！"

男人抢起手臂，温子连忙朝他的拳头扑了过去，男人与温子一道倒在玄关的地上，温子压在了男人身上。

"多喜，快跑，赶快逃出去！"

"妈妈！"

"快去叫警察！去派出所！快！"

"你想干吗！疯婆子！快让开！别跑，你敢跑，我就杀了你！连这个女人一起杀！"

"快去！"

"妈妈……"

"多喜！"

"我知道了！"

多喜推开门，跑了出去。

"可恶的家伙！"

温子的腰部被拳头击中，一时间透不过气。男子用腿把温子从自己身上踢开。

"可恶！"

男人试图去追多喜。温子赶忙飞扑过去，拖住他的左腿。男人失去平衡，侧倒下来。温子心想，我绝不允许你碰多喜一根手指，这回轮到我来保护那孩子了。

"该死，快松手，你个疯婆子！"

男人用右脚猛踩温子的头，一连踩了好几脚。

"快松开！快松开！"

又是几脚。温子的头、肩膀、手臂接连中招，她忍受着如潮水般袭来的剧痛，用尽全力抱住男人的左腿。我怎么能放手！我怎么能放手！我死也不放手！温子试图阻挡男人的脚步，哪怕多一秒也好，她要为多喜争取足够的时间。

"你有完没完！你想搞什么，快松手！"

温子又被猛地踢了几下，忽然，她的手臂完全使不上力气了，男人趁机抽出左腿。温子挤出最后一丝力气，跌跌撞撞地跟在男人后头。只见男人早已跑到石门柱附近，温子膝盖一软，跪坐在玄关门口，双手撑着地面。

（上帝啊……请保佑多喜吧！）

原以为男人一溜烟跑了出去，没想到他却倒退着，重新回到院子里来。

"怎么……怎么了吗？"

黑暗中，他的语气软下来。

走进光亮里来的，正是派出所的小林巡查长。多喜站在他身旁，白色的袜子上看得到泥土的痕迹。

"就是他！"多喜指着男人说道，"就是他，把在浴室里死掉的外公用车子带走了！他还跟我说，要是我讲出来就杀了我！"

"怎……别听她的，没有这种事。"

"这孩子说的，都是实话。"温子起身说道。

"妈妈！"多喜穿过那个男人，径直扑到温子怀里，大声哭了起来。

"多喜……你真棒……"温子俯身将多喜搂在怀里。

"请讲一下具体情况。"小林巡查长依旧一脸和气。

男人反而诚惶诚恐起来。"没……没什么具体情况……跟我又没……哦，对了，"他指着温子说，"警官，您可别上当，这女人才该抓。她想拐带儿童，我只不过是保护这孩子而已。快把她抓起来！没经过主人家的同意，这算私闯民宅吧？我没说错吧，已经构成犯罪了呀！"

"那孩子，管她叫妈妈啊！"

"我都说了，那孩子被蒙骗了。她真的不是好人！刚才我还被她用球杆打了呢！您没看见吗？我刚才倒在那儿，差点就遭毒手了。我不骗您，生死就在一线间啊！"

"不对！他才是坏人！"多喜挣脱温子的怀抱，与男人正面对峙。

两人四目相对。

几秒后，多喜反身进屋。只见她穿过走廊，快步跑上楼去。男人和小林巡查长在旁注视，不知就里。久野浪江终于不再号啕大哭，独自坐在原地，茫然若失的样子，丝毫不顾擦肩而过的多喜。

多喜很快跑了回来，手里拿着一小块粉色布料。她将布料展开，摊在男人和小林巡查长面前。

"这是他拿来的泳衣。他让我明天穿给客人看，如果客人要我脱，我要乖乖把衣服脱掉！他还说只要我听话，就能赚很多很多的钱……"

多喜纤弱的肩膀不住地颤动，仿佛就要散架了。

温子轻轻安抚多喜，将她那瘦小的身体紧紧抱住。"多喜，好了，都过去了。你赢了，你靠自己打败了他们！"

"没有的事！是浪江的主意吧，我从来没见过什么泳装！都是她想出来的！"

"你准备装傻充愣到什么时候！"小林巡查长正色道。

"哪有装傻充愣……"男人似乎被镇住了，说不出话来。

小林巡查长望着温子问道："你应该是姓岛本吧……前几天，在消防水池那儿停车的那位。"

温子不禁笑道："您居然还记得。"

"不瞒你说，刚才儿童咨询处的近藤给我打过电话，说你正往这边来，让我留意留意。"

"近藤吗……"

"真拿他没辙，那家伙使唤起人来，可不见外了。不过话说回来，我也很关心久野家的状况，准备趁巡逻顺道来看看，正巧撞见这孩子逃了出来，鞋子也没穿。"小林巡查长接着盯着男人道，"少在这儿狡辩，我早就留意你了，老实交代！"

男人见势不妙，突然向小林警官扑了过去，整个人像发狂了一般。小林警官一个闪身，将男人的手臂拧到身后，三两下就将他压在地上，以妨碍执行公务为由宣布逮捕他，并在男人的手上套上了手铐。

"啊啊啊啊……真是可恶！"男人垂头丧气地说。

*

久野家门口停着警车，红色的警灯来回转动。聚集在警车旁的是小林巡查长、男性便衣刑警，以及接到电话迅速赶到现场的近藤和人，外加近藤和人的女同事。这位来自儿童咨询处的女性是生面孔，年龄与温子相当。

温子钻进马自达2的驾驶座，透过风挡玻璃向外望，感觉就像做了一场梦。

"他们应该在谈论你的事情。"

坐在副驾驶的多喜沉默不语。她怎么了？为什么不说话？莫非，她又回到了失语症状态……

"你……"多喜终于吭声了。

"怎么了？"温子松了一口气。

只见多喜鼓足勇气，对温子说："你是……我……真正的……妈妈，对吗？"

多喜渴望的眼神令温子感到异常揪心。这个问题，恐怕一直占据着多喜的内心。这个问题太过重要，她仿佛需要鼓起全部勇气，才能问出这个问题。因此，温子不想逃避，也不愿意糊弄多喜。

温子挺起身子，正对多喜答道："对不起，我不是你的妈妈。"

多喜的脸上明显露出悲伤的神色。

温子的视线还是那么坚定。

她不允许自己有一丝一毫的游移。

"我是双叶之家育婴院的保育员。双叶之家这个名字，你听过吗？"

多喜摇摇头。

"多喜，你是什么时候知道自己不是爸爸妈妈的亲生女儿的呢？"

"爸爸妈妈去世前不久……"

"嗯，知道的时候，你怎么想？"

"我很吃惊……但是爸爸妈妈一直对我很好，我觉得也没什么……"

温子由衷地感谢樫村夫妇。

"我曾经说过，我认识你的爸爸妈妈，我没骗你。你爸爸妈妈收养你的时候，你只有两岁。在那之前，你一直在双叶之家生活。"

多喜的眼中闪过一丝光芒。

"你出生后不久就到了双叶之家，在那里一直生活到两岁。这两年里，是我扮演了妈妈这个角色。"

"你不是我的……真正的妈妈……"多喜表情僵硬，低声说道。

"但是，在我心目中，一直把你当成自己的女儿看待。"

"那我真正的妈妈在哪里呢？"

"这个……我也不知道。"

多喜低下头，双手在膝盖上紧紧握着。

"听我说，多喜……"

马自达 2 的车窗上响起敲击声。

近藤和人与那位女同事站在外面。

温子打开车门，下车问："有结论了吗？"

"多喜会由我们儿童咨询处暂时照顾。"近藤和人答道。

"是现在吗？"

"我们会带她去福利机构的。"

温子把多喜从车上叫下来，简单说明情况，并把近藤和人介绍给她认识。

近藤和人特意向多喜做了自我介绍。

"你阿姨也认罪了,警察把她带走了,暂时应该不会回来。我们不能把你一个人留在家里,你明白的吧?"

多喜点点头。

女同事接着说道:"多喜,我们现在就把你带去儿童咨询处。那里有许多因为种种原因没办法跟父母生活的孩子,大家可以暂时住在一起。你先搬过去,以后的事情我们会帮你想办法。也许你会觉得不习惯,或者不乐意住过去……"

"没关系,我愿意去。"多喜明确表示。

女同事笑着说道:"谢谢你。"

近藤和人也用温暖的笑容望着多喜。这表情令温子多少有些意外。

"那现在回去收拾一下上学要用的东西,再拿一些替换的衣服吧。"

近藤和人向女同事使了个眼色,她便领着多喜再次返回久野家。

"对了,"温暖的笑容从近藤和人脸上消失,他冷冷地望着温子说道,"你还真是胡来呢。"

"但是,多喜需要我的帮助啊。要是我不来的话……"

"就算是这样，你也应该想清楚了再行动啊，凡事总不能完全不顾后果吧？你这么做未免也太冒险了……"

"也不用这样说我吧……"

温子被这个年纪轻轻的男人训斥了几句，几乎要流下泪来。

"要不是小林巡查长及时赶到，不单单多喜会有危险，连你也自身难保，不是吗？"

温子语塞。

"打电话给小林警官的可是我哦，我也不是完全没有贡献对吧？"

"原来你指的是这个。"

"你先去医院一趟吧。"

"我吗？为什么？"

"你受伤了啊，他在你身上踢了好几脚。"

"我没事，这点小伤不算什么。"

"还是仔细检查一下为好。"

"怎么，你担心我吗？"

近藤和人一脸诧异道："总得好好验个伤吧，上法庭的时候可能会需要的。"

"我也打了他好几下，推了他，还用棒球杆袭击他……我不会有事吧？"

近藤和人瞪大眼睛问："是吗？有这回事？"

温子点头示意。

近藤和人挠了挠头皮说："依我看，你们双方都没什么大碍，特殊情况，应该不会构成犯罪。总而言之，你现在先去医院。附近的夜间诊所，你认不认识？"

"这点小事我还能应付，毕竟我是育婴院的保育员嘛。"

近藤和人抬了抬眉毛。

不一会儿，女同事带着多喜从屋子里走了出来，多喜背着书包，双手拎着一些衣物之类的东西。

"先拿最基本的，之后需要什么，再回来拿就好了。"女同事说道。

近藤和人用异常阳光的声音随声附和。也许这份工作需要从业者打起十二分精神，否则根本做不下去。

"多喜，有空我再去看你。"

多喜低着头，无精打采，明显感到失望了。

"对不起。我不是你的妈妈……真的对不起。"

近藤和人与女同事的那辆小轿车停在马自达 2 后方。

"好了，我们走吧。"

在近藤和人的催促下，多喜向小轿车走去。女同事打开后排车门，多喜低头钻了进去。她低垂的侧脸上写满了哀伤。

"多喜！"

温子忍不住叫出声来。

多喜抬头回望。

温子模仿近藤和人，用异常阳光的声音说道："下次，来双叶之家玩吧！那是你两岁之前生活过的家。那里有很多人都记得你。我们等你来。"

多喜伤心地垂下头，依然毫无反应。

＊

某县警局刑侦一支队于某日逮捕涉嫌遗弃尸体的该县某市无业人员牛村浩次（四十四岁），一并逮捕的还有无业人员久野浪江（四十三岁）。

根据警方介绍，某日晚九时许，某警察局民警接到报案，与嫌疑人久野共同居住的侄女（十一岁）说，一同居住的外公（七十四岁）下落不明，民警前往嫌疑人久野家了解情况，刚好在场的嫌疑人牛村忽然袭警，民警以妨碍执行公务为由将其逮捕。在随后的调查中，嫌疑人久野供认，曾经委托嫌疑人牛村隐藏父亲的尸体。嫌疑人牛村对违法行为供认不讳，根据他的供词，警方在某山中进行了搜查，并于某日发现遗体。警局认定遗体身份确为嫌疑人久野的父亲，具体死因还在调查之中。

警方表示，嫌疑人久野供述，父亲死于浴室，时间是去年十一月。没有递交死亡证明是为了领取父亲的养老金。遗体被毛毯包裹，埋藏在某山中，局部已白骨化。

警方认为，两位嫌疑人对侄女实施了虐待，将会慎重追查此案。

15

雨季临近。天空中的云层层叠叠，让人意识到雨水即将来临。可是，云朵并没有把天空填满，云层之间的缝隙中，几缕阳光从高空投射下来。

双叶之家有两处停车场。一处是员工专用的，从员工通道出去便是，大约能停放十六辆车；另一处为访客专用，靠近正门，能停放四辆车。

一辆小轿车驶入访客专用的停车场。从驾驶座走下来的是儿童咨询处的近藤和人。后排坐着同属儿童咨询处的筱崎夏美，她对口负责双叶之家的相关事务。樫村多喜也坐在车上，她身穿白色罩衫和条纹半身裙。温子头一回看到多喜穿裙子，头发也梳得整整齐齐。

"欢迎大家。"岛本温子笑脸相迎。

多喜愣愣的，打招呼的声音倒很响亮："你好。"

"西仓夫妇已经到了吧。"筱崎夏美望着停车场里那辆藏青色宝马车说。

"他们在院长办公室。"

筱崎夏美朝近藤和人点头示意："那我先去一下。"

只见她快步向内走去。

温子重新打量多喜的脸。

一周没见了。

"你能来，我真的很高兴。"

"嗯……"

"这件衣服很好看啊。你穿很合适。"

"是别人送的。有个福利院的姐姐给我的。"

"是吗？那边的生活还习惯吗？"

"还没……完全习惯。"

多喜的回答有一搭没一搭的。此时她与温子显得生疏无可厚非，且多少带有某种尴尬之情。

"对了，你怎么样？伤势严重吗？"近藤和人问。

"你看吧，我满血复活了。"温子一边说，一边夸张地转动右臂。

"还真是铁血女金刚呢，你是怪物吗？"近藤笑道。

"说我是怪物也太过分了吧，怪客还差不多。"

在去医院就诊后，温子的手臂和肩膀被发现有多处瘀青，包括头部在内的骨骼并无异常，一周便可完全康复。当然，近藤和人早就了解过她的状况。此时故意提起来，为的是活跃现场的气氛，好让多喜没那么尴尬。温子体察到他的这份用心，努力配合。多喜的脸上一丝附和的笑容都没有。

听说多喜在福利院的时候很听话，回答问题也特别有礼貌。到现在为止，她没有与其他孩子发生过任何冲突。表面上，她乖巧得不像是个十一岁的孩子，大多数时间，她都独自坐在墙边，从不主动找人攀谈。根据负责人员的观察，多喜很可能陷入了自暴自弃的情绪，或是害怕受伤，把自己的内心牢牢锁住了。超出年龄的态度未必是好事。

"明天，我想带多喜去双叶之家，让她亲眼看看曾经住过的地方，说不定会对她有帮助。"近藤和人昨天在电话里说，"正好，我们筱崎也有事要过去，就顺便一起跟你打一声招呼。"

如此一来，多喜重新造访双叶之家的计划，忽然成为现实。

换句话说，多喜本人对来这里并没有表示抗拒。

"多喜，欢迎你回到双叶之家……欢迎回家。今天，我会带你四处看看。希望你会喜欢这里。"

在那个孩子眼中，双叶之家这座建筑会是怎样一幅图景呢？

*

岛本温子不是自己的亲生母亲。樫村多喜在得知这一事实后，再也感觉不到快乐、愤怒、悲伤、寂寞，仿佛整颗心不知道去了哪里。

望着这座钢筋混凝土平房，她没有任何感觉。坡度不大的钴绿色三角屋顶，淡黄色的墙壁，保留了红、蓝本色的承重柱。她对这里一点印象都没有，也丝毫不觉得亲切。

多喜在岛本温子和近藤和人的带领下，走上角度平缓的斜坡，进入玄关。

首先，她被带入一个标着"副院长办公室"字样的房间。有个男人面对电脑而坐，见到多喜进来，立刻笑着站起来，自称副院长野木。

"欢迎你来，我记得你。"

多喜颇感意外。她听说双叶之家有很多人都记得她，原本以为指的是保育员。

"真的吗……"

"我怎么会忘记呢？你离开的那天，旁边这位岛本可是呼天抢地，大家都吓了一跳。"

"副院长！现在不是说这些的时候。"岛本温子的脸红了。

"哈哈，这不能说的吗？"野木副院长夸张地用手捂住了嘴。

"真是的……"岛本温子朝多喜投以苦笑。

多喜不禁低下头，忽然，她感到有点害羞。她并不讨厌这种感觉，它带有某种酸酸甜甜的滋味。

"对了，院长呢？"

"还在跟西仓夫妇说话。"

"那待会儿再去找他，我先带多喜四处看看。我们走吧！"

岛本温子碰了碰多喜的手。多喜吓了一跳，向后退缩。她并非有意拒绝，只是身体下意识地做出了反应。

"跟我来。"岛本温子完全没放在心上。

她笑着走出办公室。

多喜松了一口气，跟了出去。她的心脏还在扑腾扑腾地跳着，胸口的这种鼓动简直久违了。

多喜被带到下一个房间，那里并排放置着许多婴儿床。

据说是零岁婴儿专用的卧室，身穿印有维尼熊图案的围裙的女子正在给婴儿喂奶。

"多喜！"

岛本温子简单介绍了一下。

"你好，我是佐藤。"女子笑道。

"你好。"多喜小声回应。她看到很多婴儿在睡觉，有意压低了音量。

"来，走近一点，这里的孩子都要叫你一声大姐姐呢。"

眼前的这个人，也认识婴儿时期的我吗？多喜很想询问，却忍住没开口。

多喜走近其中一张婴儿床，微微探头观察。是个男孩子，他吮吸着大拇指，睡得正香。

"这张床，是不是多喜以前也睡过？你还记得吗，岛本？"

岛本温子点点头。

"多喜离开以后，我们应该没有换过设备吧。"

多喜摸了摸婴儿床的扶手。

（这里……）

我也曾经像这样吮吸着自己的手指，安然入睡吗？也像那样，被保育员们用奶瓶喂牛奶吗？

"差不多吃饱了吧？"

保育员佐藤将奶瓶放在旁边，随后让婴儿靠在自己左侧的肩膀上，轻轻拍拍婴儿的后背，婴儿打了个大大的饱嗝。

"真厉害呀！小南美可吃美了！"

放下婴儿后，她问道："多喜，你要抱抱看吗？"

"可以吗？"

"小心点就行了。"

多喜小心翼翼地接过婴儿。她纤细的手臂感受到沉甸甸的重量。

"没想到还挺沉的吧？"

婴儿瞪着圆圆的大眼睛，望着多喜，也许是头一回被多喜抱，不免有些紧张。

"你好。"多喜挤出笑容，尽可能柔声跟她打招呼。婴儿听了咯咯地笑，很开心的样子。

听到婴儿的笑声，多喜的心底冒出一团火热的东西，那热量逐渐在体内扩散开来。此刻的感觉，似乎无法用喜悦这个词完全概括。

"怎么了？"岛本温子问道。

多喜红着脸问："这孩子的爸爸和妈妈呢……"

"估计一个月左右就会过来接她回家了。"

"原来爸爸妈妈还在啊,"多喜朝怀中的婴儿笑了笑,"太好了。"

"手累不累啊?"

多喜将婴儿还给保育员佐藤。只见婴儿立刻牢牢攀在保育员佐藤身上,仿佛结束了短暂的冒险,终于回到安全的基地。

"佐藤阿姨,你现在是这孩子的妈妈吗?"

"嗯,是啊。"保育员佐藤的脸上露出幸福的笑容。

"好了,我们继续往前走吧。"岛本温子说道。

保育员佐藤拿起婴儿的小手,朝多喜做了个"拜拜"的手势。

多喜也向她们挥挥手。

走廊里,近藤和人靠在墙上,双手抱在身前。

"刚才没看到你,你上哪儿去了?"

"去跟野木副院长交换名片,以后还要他多多关照呢。"

"你工作真卖力啊。"

"人脉关系可是工作的关键好吗?"他转而问多喜,"抱过小婴儿了没?"

"你怎么会知道？"

"因为你脸上写着啊。"

多喜听不太懂。

岛本温子也拿近藤和人没办法，耸了耸肩。

走廊的尽头是游戏室。孩子们在地上爬来爬去，或是蹒跚学步，摆弄各自喜爱的玩具。

"这里是游戏室。"

游戏室里有三位保育员坐镇，看起来比较资深的有两位，另一位则是个大姐姐。

两位资深保育员中，较胖的那个看了过来。"哎呀，这不是多喜吗？"她抱着个男孩子走过来，"你是多喜对吧？"

"嗯，我是樫村多喜。"

"哎呀，都长这么大了……"

原来，这个人也记得我。多喜不禁感到一阵喜悦。随即，她对心生欢喜的自己略感惊诧。

"你知道吗，你离开那天，岛本还想把你抢回来呢，闹得不可开交……"

"主、主任……你怎么也说起这个来了……"岛本温子的脸又涨红了。

"千真万确，是我把她强行压住的。"另一位资深保育员一边照顾孩子们，一边举手证明道。

"连加藤大姐也……"

"你在这里简直就是一个传奇嘛！"近藤和人盯着岛本温子瞧。

两位资深保育员听了都忍不住笑起来。

在场的人中，只有大姐姐保育员脸上似笑非笑，愣愣地望着孩子们摆弄玩具。她缠着黄绿色的围裙，显得有些落寞。

多喜在游戏室跟孩子们玩耍一阵后，被带入了一间会客室。近藤和人说要去拜访院长，暂时离席。

"有样东西给你看，我去拿。你先吃些小点心吧。"岛本温子端过红茶和泡芙。

温子离开后，多喜一个人留在会客室，四下打量这个精致而整洁的房间。木桌子、四把椅子、桌上花瓶里插着的花、好大一只散发香草气味的泡芙……多喜没什么心情吃东西。

岛本温子很快便回来了。

"咦，你不吃吗？不用客气。还是说，你不爱吃泡芙？"

多喜摇头道："不是的。"

"那就好。"

　　岛本温子坐到多喜对面，手上拿着厚厚的文件夹，郑重地放在多喜面前。

　　封面上写着"多喜"两个字。

　　这是……

　　"这是你的文件夹。"

　　"我的……"

　　"文件夹里收集了你在双叶之家生活期间所有的记录。通过这些记录，你可以看到某一天见过谁，碰见了什么事，学会了什么新的本领。你自己翻翻看吧。"

　　多喜的视线重新落到文件夹上。

　　她的心脏再次剧烈跳动起来。

　　文件夹里的，是被养父母收养之前的她。

　　那个未知的自己，被珍藏在这里。

　　多喜翻开封面。

　　在双叶之家的第一天。

　　体重，身高，体温，牛奶摄入量，全身的健康状态。手写的字迹相当工整。记录人，是岛本温子。

　　下一页。

　　不仅仅是体温，体重每天也都有记录。通过数值的变化，一个孩子的成长跃然纸上。

多喜的目光在每天的记录中游走，投入地一页页往后看。

"喂奶的时候，她盯着我看。感觉到一种情感的联结。

"深夜两点，哭了。把她抱起来，立刻就不哭了。

"第一次笑了！太棒了！

"第一次去院子里散步。对什么东西都很好奇，都想碰一碰。胆子很大。好奇心比其他孩子都强。但是也要特别留心，不要让她受伤。"

跃入眼帘的文字仿佛直接飞进多喜的脑海，勾起她的记忆。

我曾经为了心爱的玩具，努力地在地上爬行，终于将想要的玩具拿在手里。

我曾经抓着婴儿床的扶手，第一次站了起来，她拍手鼓掌，我骄傲地笑着。

我曾经牵着她的手，第一次用自己的双脚走路，世界一下子变大了，每个瞬间、每个方向都有新的发现，我感到无与伦比的快乐。

我第一次张开嘴巴说话……

"阿妈。"

随着体重和身高的增长，我学会的词越来越多，有人将成长过程中的一点一滴全都记录下来，视若珍宝。有人为我的存在而祝福。她守护着我的眼神，与母亲无异。

（咦……还有这样的事……）

那一天，我去她家小住。她开着车带我去买东西，回到家还做晚饭给我吃，我们一起洗澡，我握着她的手入睡。一整天，我们一直在一起，就像真正的母女那样。

最后一页。

一张照片。

那是我。

我被人抱着。

我在她的怀抱里。

就在眼前这个女人的怀里。

"这张照片是你离开的那天拍的，你看，我的眼睛里还有泪水在打转呢。"

然而，我在她的怀里分明笑得那样灿烂。

那是打从心底感到幸福的笑容。

"好可爱啊……"多喜不禁感叹道。

此时，她心中的空白，对人生初始阶段一无所知的空白，终于得到了填充。

她因此再度确信，我是存在的。

我存在于这个世界。

并且，今后也将继续存在下去。

"吃吃看泡芙吧，都说这家店特别好吃。"

多喜拿起泡芙尝了一口，恰到好处的甜味、层次感和香草的香味瞬间扩散。

"真好吃！"

"我没说错吧！"

多喜又咬了一口。

那滋味进而弥漫到身体的每一个角落。

某种坚硬的东西被化解了。

她终于不再拒绝心底最真实的声音。

"今天，能来这里，我觉得，很开心。"

"你是不是犹豫过要不要来？"

"那倒没有……只是觉得来了也没什么意义。你毕竟不是我的妈妈……不过，今天能来真好。"

"你能这么说，我也很高兴。"

多喜产生了一股冲动，想要依偎在眼前这个女人的怀里。

"怎么了？有什么话想说？不用有什么顾虑，想说什么都可以。"

多喜的心思被看穿了。

她并不因此感到不快。

"我想……"

"嗯？"

"我想……我还是想……"多喜把双手放在膝盖上，望着岛本温子说道，"我想见见自己的亲生父母！"

她觉得自己的声音听起来特别遥远。"我总是幻想，如果亲生父母能来接我，该有多好。现在也不例外。我想，就算长大以后，也是一样的……"

"这么想，很正常。"岛本温子的笑容把多喜温柔包裹。

多喜将剩余的泡芙一口吃下。

会客室的门被敲响了。

野木副院长走进来说："岛本，时间差不多了。"

"我知道了，"岛本温子转头望着多喜说，"今天，有一个孩子也要离开这里，去养父母家开始新的生活，跟当年的你一样。如果你愿意，我们一起去送送他怎么样？"

*

双叶之家的玄关处已经挤满了人。

今天的主角是健一郎，还有即将成为养父母的西仓夫妇。不久后，他们应该会办妥相关的手续，在法律上正式成为一家人。负责处理此次收养事宜的是筱崎夏美，她望着即将开始全新生活的一家三口感慨万千，与野木副院长说着些什么。

工作卖力的近藤和人则站在三浦院长身边，或许如他自己所说，扩展人脉至关重要。而另一边，院长因为许久没有被人如此重视，显出一副颇为受用的样子。

育婴院的孩子们全体集合。他们大多嬉笑打闹，像过节一样，只有少数几个孩子舍不得健一郎离开。育磨和夏彦兴奋地四处乱跑，一直颇为叛逆的敏也紧张地吮吸着手指，与健一郎关系融洽的惠理则安静地藏身后排，所有零岁婴儿无一例外地瞪大了眼睛。

保育员们留意着每个孩子的一举一动。村田主任和加藤昌代双手牵着孩子，佐藤万里则抱着南美。

"寺尾人呢？"

佐藤万里无奈地摇摇头。

温子双手叉腰，叹了口气。"真拿她没辙，"她向身边的多喜笑道，"你在这里等我一下。"

"你去哪儿？"

"我去把从前的自己带过来。"

寺尾早月在保育员休息室。

她坐在椅子上，弓着背，低着头，活像个赌气的孩子。

温子站在休息室门口，双手抱在身前问："你在这里做什么呢？"

寺尾早月抬起脸，转过头来。

她没有哭，然而，整个人活像一戳就破的气球。

"健一郎这就要走了哦。"

她不吭声。

"寺尾……"

"反正……他会把我……彻底……"

温子快步来到寺尾早月跟前，用力拍了拍桌子。"你要闹到什么时候！"

寺尾早月瞪大眼睛。

温子坐下，牵起她的手开解道："我知道你很难过，我知道你不想跟他分开，这些我都经历过。但你是健一郎的保姆啊！"

"可是，我为他付出了这么多……"

"不，不是你为健一郎付出了这么多，而是你有机会为他做了这么多。健一郎不也给了你那么多幸福的时光吗？你自己说的话，你还记得吗？"

寺尾早月明白温子的意思。她的头脑能够理解，道理她都懂，只是情绪上无法跨过去。她还无法面对现实，因此才会不知如何是好，心中一团乱麻。

但最终总是要跨过去的。

靠她自己的力量。

温子松开手，说："好好地去跟他道个别吧，这也是对健一郎应尽的礼数。"

寺尾早月抬起眼睛，说："礼数……"

"健一郎即将走上全新的人生道路，从今天起，他要开始过截然不同的新生活了，对吧？"

"嗯……"

"那么，难道不应该由你为健一郎画上一个休止符吗？"

不也该给你的内心画上一个休止符吗？

"休止符……"

"没错，休止符。只有你，健一郎的保姆，有这个能力。"

"岛本姐……我……"

"好了，面带微笑把他送走吧。"

＊

儿童咨询处的近藤告诉多喜，今天，即将离开这里的孩子名叫健一郎。

健一郎在新妈妈的怀里，笑得格外灿烂。送行的孩子们轮番跟他说再见，每个孩子的声音都很阳光，完全不像分别时应有的气氛。

"我回来了。"

那个女人回来了。

身旁是那位大姐姐保育员。

大姐姐保育员的眼睛红通通的，这种神情仿佛在哪里见过。多喜联想到刚才文件夹中的那张照片，那个女人当时也是这样的表情。大姐姐努力地笑着。

孩子们一一道别完毕，最后轮到大姐姐走向健一郎。

健一郎的表情凝重起来。

大姐姐摆出敬礼的姿势，逗健一郎笑。

健一郎的新妈妈把他交到大姐姐怀里。

大姐姐抱着健一郎，凑近他的脸庞，仿佛要给他一个吻。

"健一郎，早早今天就要跟你分开咯。"

健一郎管她叫"早早"。

"今后，你要跟爸爸妈妈一起生活，忘了早早吧。"

"早早？"

"没关系的，但是，早早一定不会忘记健一郎的，永远不会！"

大姐姐紧紧搂着健一郎。

"一定要幸福，听爸爸妈妈的话，得到许许多多的爱！"

她把健一郎还给新妈妈。

"好了，拜拜！健一郎！"

大姐姐挥挥手，其他孩子也朝健一郎挥手。养父母低头向众人致谢，脸上挂满笑容。

大家缓步朝停车场走去。

健一郎一家三口坐进藏青色的轿车。

引擎发动了。

车窗摇下来。

健一郎向外挥手，刚才的笑容不见了。

车子开动了。

大家挥着手。

再见！保重！

车子在正门处停了一下。

"早早！"

车内传出健一郎的喊声。

大姐姐忽然冲了出去。

"寺尾！"

她发出一声尖叫。

就在这时，多喜记忆的最深处，仿佛有什么东西碎了。

这场景，她分明见过。

我在车里。那个女人在车外呼唤，哭泣，朝我跑来，又被人制止。她的脸涨得通红，泣不成声，我甚至觉得奇怪，为什么会哭成这样呢？我们的距离逐渐拉开，那个女人越来越小……

"寺尾！"

大姐姐原地站定，双手握拳。

"健一郎！"她冲着车子大喊，"一定、一定，要幸福啊！我会一直为你祝福！就算你把我忘记了，我也永远不会忘了你，永远永远，会为你的幸福祈祷！"

藏青色的轿车驶出正门。

多喜也哭了。不是因为难过，也不是因为高兴，只是胸中的那股暖流不断翻腾，终于无法抑制。她伸出手擦去滚落的泪水，随后也跟着不停挥手，一个劲地挥手。

放心吧，你一定会幸福的！你被这么多人祝福着、守护着。不仅仅是暂时扮演母亲的人、收养你的父母和外公，在你不知道的地方，一定还有许许多多的人默默为你祝福。因此，你绝非独自一人。

车子消失在众人的视线中。

"他真的走了……"

送行的人们面前，只剩下风一般的寂寥。

多喜放下手臂。

大姐姐也用尽了力气似的蹲坐在原地。

那个女人，远远望着大姐姐的背影。

多喜轻轻握住身边那个女人的手。

女人略感诧异。

接着，她笑了，宛若妈妈。

（全文完）

图书在版编目（CIP）数据

一定有人在祈祷着 /（日）山田宗树著；罗越译
. — 长沙：湖南文艺出版社，2019.1
ISBN 978-7-5404-8837-6

Ⅰ.①一… Ⅱ.①山… ②罗… Ⅲ.①长篇小说—日
本—现代 Ⅳ.①I313.45

中国版本图书馆 CIP 数据核字（2018）第 194808 号

著作权合同登记号：图字 18-2018-145

きっと誰かが祈ってる　（山田宗樹著）
KITTO DAREKA GA INOTTERU
Copyright © 2017 by Yamada Muneki
Original Japanese edition published by Gentosha, Inc., Tokyo, Japan
Simplified Chinese edition is published by arrangement with Gentosha, Inc.
through Discover 21 Inc., Tokyo.

上架建议：外国文学

YIDING YOU REN ZAI QIDAOZHE
一定有人在祈祷着

作　　者：［日］山田宗树
译　　者：罗　越
出 版 人：曾赛丰
责任编辑：薛　健　刘诗哲
监　　制：蔡明菲　邢越超
特约策划：闫　雪
特约编辑：汪　璐
版权支持：金　哲
营销支持：张锦涵　傅婷婷　文刀刀
版式设计：利　锐
封面设计：尚燕平
出版发行：湖南文艺出版社
　　　　　（长沙市雨花区东二环一段 508 号　邮编：410014）
网　　址：www.hnwy.net
印　　刷：北京中科印刷有限公司
经　　销：新华书店
开　　本：880mm×1270mm　1/32
字　　数：119 千字
印　　张：7.5
版　　次：2019 年 1 月第 1 版
印　　次：2019 年 1 月第 1 次印刷
书　　号：ISBN 978-7-5404-8837-6
定　　价：45.00 元

若有质量问题，请致电质量监督电话：010-59096394
团购电话：010-59320018